萧红萧军

情书全集

【图文珍藏本】

萧红 萧军 著

陈漱渝 编注

张瑞霞 整理

中国青年出版社

图书在版编目（CIP）数据

萧红萧军情书全集：图文珍藏本／萧红，萧军著；
陈漱渝编注；张瑞霞整理.—北京：中国青年出版社，2021.5
ISBN 978-7-5153-6352-3

Ⅰ.①萧… Ⅱ.①萧…②萧…③陈…④张… Ⅲ.
①书信集—中国—现代 Ⅳ.①I266.5

中国版本图书馆 CIP 数据核字（2021）第 057623 号

书　　名：萧红萧军情书全集（图文珍藏本）
著　　者：萧红 萧军
编　　注：陈漱渝
整　　理：张瑞霞
责任编辑：庄庸　陈静
出版发行：中国青年出版社
社　　址：北京东四十二条 21 号
邮　　编：100708
网　　址：www.cyp.com.cn
门 市 部：（010）57350370
印　　刷：北京中科印刷有限公司
经　　销：新华书店

开　　本：787mm×1092mm　1/16
插　　页：1
印　　张：19
字　　数：200千字
版　　次：2021年10月北京第1版
印　　次：2021年10月北京第1次印刷
印　　数：0,001~5,000册
定　　价：78.00元

本图书如有印装质量问题,请凭购书发票与质检部联系调换。

联系电话：（010）57350337

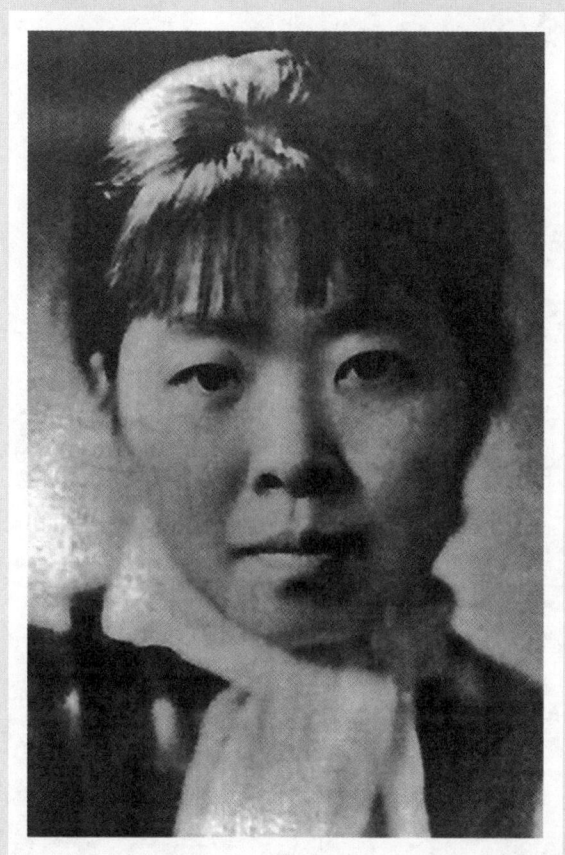

萧红（1911～1942）

幼年萧红和母亲

1932年秋天，在哈尔滨，萧军把怀有身孕的萧红拯救了出来。

1934年春，准备离开哈尔滨时的合影。当时他们的服装很有当地特色。

1934年，在青岛樱花公园，当时萧红即将完成她的作品《生死场》，心情大好。

青岛观象一路一号旧址。在这里,萧军完成了他的作品《八月的乡村》。

1934年12月,萧军萧红参加鲁迅宴请的合影,图中萧军衣服为萧红紧急赶做的。

1936年7月，萧红赴日本之前，与萧军、黄源的合影。

1938年在西安，憧憬幸福的萧红。

美美的萧红,1940年在北碚。

鲁迅去世后,萧红从日本回国后拜谒鲁迅墓,与萧军、许广平、周海婴合影。

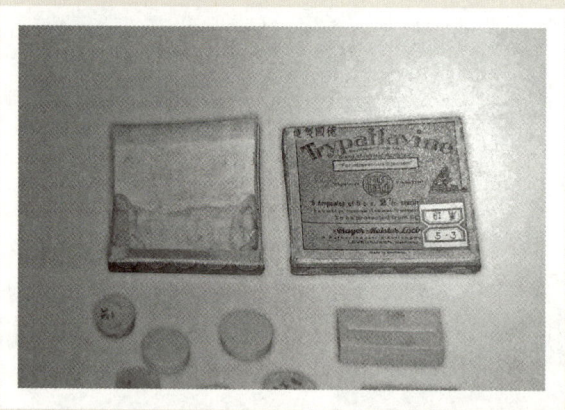

1934年12月,萧红为萧军参加鲁迅宴请赶制衣服用过的白化石。

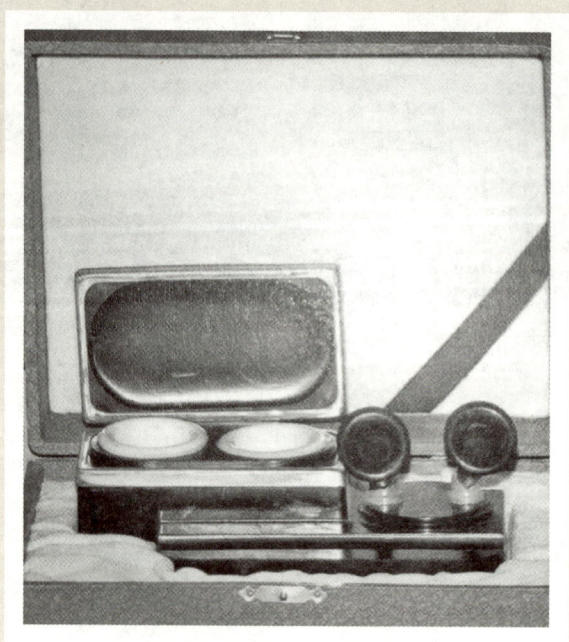

萧军、萧红用过的笔架

序 / 01

[上篇] 萧红致萧军

第壹章
爱需要距离 / 3

第1封　海上…………5
第2封　屋子…………7
第3封　想哭…………9
第4封　文章…………12
第5封　唠叨…………16
第6封　看病…………23
第7封　崂山…………26
第8封　欢喜…………33

第贰章
适应没有你的孤独 / 35

第9封　打雷…………37
第10封　肚疼…………40
第11封　写稿…………43
第12封　上学…………46
第13封　唐诗…………49
第14封　画图…………52
第15封　刑事…………55
第16封　西药…………58
第17封　写信…………61
第18封　房东…………63
第19封　下雨…………66
第20封　过节…………71

第叁章
"寂寞的黄金时代" / 73

第21封　念叨 …………… 75
第22封　日语 …………… 78
第23封　要钱 …………… 80
第24封　挂念 …………… 84
第25封　钱到 …………… 87
第26封　演讲 …………… 91
第27封　评论 …………… 98
第28封　悼文 …………… 101
第29封　墙画 …………… 103
第30封　电影 …………… 111
第31封　探讨 …………… 118
第32封　头痛 …………… 122
第33封　寄书 …………… 130

第肆章
健牛与病驴难调和 / 133

第34封　对照 …………… 135
第35封　秀珂 …………… 137
第36封　北平 …………… 141
第37封　搬家 …………… 151
第38封　读书 …………… 158
第39封　苦闷 …………… 162
第40封　杂说 …………… 169
第41封　女人 …………… 176
第42封　黑人 …………… 180

[下篇] 萧军致萧红

第伍章
曾经沧海难为水 / 187

附录 / 231

第1封　作诗 …………… 189
第2封　方法 …………… 201
第3封　宽慰 …………… 216
第4封　来沪 …………… 229

Ⅰ　苦杯 ……………… 233
Ⅱ　沙粒 ……………… 238
Ⅲ　一封佚信 ………… 247

出版后记 …………… 249

序

一枝永恒美丽的花朵
——试谈萧红研究的四个"死角"

陈漱渝

东北作家群的两位代表人物

1931年秋,日本军国主义者在中国发动了"九·一八"事变,东北三省沦陷,三千万东北人民戴上了"亡国奴"的枷锁。一群东北青年唱着"流亡三部曲"逃到关内,在左翼文艺思潮的影响下,以笔为武器,抗日救亡。他们的作品充满了强烈的民族意识、博大的爱国情怀、浓郁的地方色彩,表现出国土沦丧的愤懑和颠沛流离的苦痛,被称为"东北作家群"。其中有舒群、端木蕻良、李辉英、罗烽、白朗等知名作家,而代表人物则是萧红和萧军。

对于萧红、萧军文学成就的评价,是一个见仁见智的学术问题,不属于本文评述的主要范畴。简而言之,萧军1925年即开始创作,文学生涯有六十余年,不仅数量上超过了萧红,而且涵盖了一些萧红未曾涉足的领域,如历史小说、旧体诗词、报告文学;其留存的大量日记,更具多重价值,可以传世。萧红的文学生涯只有短短的十年,作品题材囊括了小说、散文、诗歌、戏剧、书信。二萧初登文坛时，都给文坛以不少的新奇和震惊。当年批评家胡风认为，萧红的作品是"有着天才闪光的作品""感觉多敏锐""是近年来不可多见的作家"（梅志：《"爱"的悲剧——忆萧红》）。鲁迅也认为，"就艺术手法而言，萧红比萧军更觉成熟，在写作前途上更有希望"（许广平：《追忆萧红》）。从20世纪80年代以来，国内外持续不衰的"萧红研究热"证实了鲁迅预见的正确。美籍华裔学者夏志清反思道，他撰写的《中国现代小说史》忽视了萧红的作品，"实在是最不可宽恕的疏忽"（《中国现代小说史》序）。

萧红（1911～1942），黑龙江呼兰县（当今为呼兰区）人。原名张秀环，因与二姨姜玉环的名字相似，后改名张乃莹。笔名有萧红、悄吟、田娣、玲玲等。萧军（1907～1988），辽宁义县人。原名刘鸿霖，因喜爱京剧《打渔杀家》中的萧恩，又在骑兵营当过骑兵，故以萧军为笔名。其他笔名有三郎、田军等。二萧的笔名联起来跟"小小红军"这四个字谐音。这原本是一种偶合，但萧军觉得当年国民党在江西一带"剿共"，就偏叫个"红军"给他们瞧瞧。

对于如何深化萧红研究，萧军提出过明确的意见：对于这样一位作家，仅仅从事文学生涯只有十年间的历史，为我国文学事业——无论质或量、社会意义、艺术造诣——留下了不能抹杀、不可磨灭的业绩，我们是应该进行一次严肃地认真地研究和探讨的工作，我是赞成的。但是对一个作家评价是应该从他或她的具体作品效果和意义而衡量、而产生的，而不是别的什么"隐私"。因此我建议你们对她的作品本身多作具体的突入，全面的分析，全面的综合……而获得一个相应的结合，来启示读者，教育读者……对于她生活方面的一些琐事，不必过多注意，过多探求……否则将会遇到一些难于通过的"死角"，这是无益而浪费精力的事……（《萧红书简辑存注释录》，黑龙江人民出版社1980年出版）

萧军的上述意见是值得重视的。评价一位作家，关注点无疑是应该聚焦其作品，亦即文本，而不是"她生活方面的一些琐事"。萧军所说的"生活"，我体会主要是指情感生活，尤其是男女私情。为了编注《萧红萧军情书全集》，笔者在抗击新型冠状病毒期间，蜗居在家，只能查阅手头的一些资料，的确遇到了一些难于通过的"死角"。学术研究重视"实证"，援引的"资料"应该"铁板钉钉"，成为真实的"史料"，但涉及男女隐私的事情恰恰是众说纷纭，异口异声，缺乏"铁证"。但另一方面，研读萧红的作品，又岂能不了解"她生活方面的一些琐事"？比如，不了解二萧的爱情经历，如何能解读《跋涉》？不了解二萧的情感冲突，如何能解读萧红的短诗《苦杯》《沙粒》？如果不了解萧军跟陈涓的感情纠葛，如何能解读萧红的《一个南方的姑娘》？此外，像萧红的《呼兰河传》《小城三月》《弃儿》等小说，也都带有明显的自传性质。所以，了解与研究萧红作品，撰写萧红传记，相关的"生活方面的一些琐事"并不见得纯属多余。但笔者在梳理考证有关生平史料时，就遇到了萧军所说的"死角"：一，萧红之父是否"夺人之妻""杀人之夫"？二，谁是萧红的"始乱终弃者"？三，二萧分手诀别的真实原因是什么？四，如何评价萧红与端木的婚姻？为慎重稳妥起见，笔者只能客观介绍对二萧"生活琐事"的一些不同说法，以供读者进一步辨析参考。

生父还是养父？

考察萧红周边的男性世界，遇到的第一个"死角"，就是她的父亲张廷举（1888～1959）。据萧军说，萧红真正的父亲可能是个贫雇农，她的母亲因为跟张廷举发生了关系，便合谋害死了萧红的生父，而后带着萧红和她的弟弟来到了张家。萧军还说，张廷举曾对萧红表现出企图乱伦的行为。萧军根据萧红提供的素材写过一篇小说《涓涓》，1933年发表于哈尔滨《国际协报》。小说中描写13岁的"莹妮"差一点被父亲强奸的过程，并说"从此他们父女之间，便筑成了一道不能够摧毁的冤仇的墙壁"（《为了爱的缘故：萧红书简辑存注释录》，第62～63页，金城出版社2011年8月出版）。

呼应萧军说法的有二萧同时代的东北作家陈隄。1983年，陈隄披露了二萧友人方未艾1982年1月15日致他的一封信："你看过萧军写的《涓涓》吗？那里的莹妮就是乃莹，小珂就是秀珂，达三就是选三（按：张廷举，字选三）。萧红写的《王阿嫂之死》里的张地主的佣人中有个姓王赶马车的遭遇。她的生母没有像王阿嫂那样刚烈反对张地主，竟带着她和她的弟弟嫁给张地主了。她最初知道她不是张地主生的，是她生母死了以后。她十一岁时她的继母骂她是带犊子，又用棍子打她。她的祖母用针狠毒地刺她。张选三也不把她当亲生女儿关怀。她就感到她成了外人，怀疑她自己是不是张家的骨肉。"（《关于萧红研究的几个问题》,《东北师大学报》1983年第六期社科版）方未艾是萧军的结拜大哥,当时在《东三省商报》担任副刊编辑,也是萧红的患难之交。1933年10月他被中共满洲省委派去苏联学习,临行前跟萧红含泪握手而别,以后再未相见。以萧红跟方未艾的深交,方未艾也不可能信口雌黄。此外,二萧的友人蒋锡金也对笔者这样说过。

萧军等人的说法从萧红的《永远的憧憬和追求》一文中可以得到呼应。文章写道:"父亲常常为着贪婪而失掉了人性。他对待仆人对待自己的儿女以及对待我的祖父都是同样的吝啬而疏远,甚至于无情。""九岁时,母亲死去,父亲也就更变了样,偶尔打碎一只杯子,他就要骂到使人发抖的程度。""十二岁那年,我就逃出了父亲的家庭,直到现在还是过着流浪的生活。"这篇文章原是为美国记者埃德加·斯诺编译的《中国现代短篇小说选》提供的自传,后发表于1937年1月10日出版的《报告》杂志第1卷第1期。萧红在自传中如此描绘自己的父亲,可见他们父女关系的真实状况。

然而有学者对萧红老家的亲友进行了调查,证明萧军等人的说法"纯属子虚乌有"（王化钰:《关于萧红身世的几个问题》,收入《萧红身世考》,2004年3月哈尔滨出版社出版）。王化钰的调查对象,有萧红的亲三姨姜玉凤老人。老人说,是萧红的祖母张范氏相中了萧红的生母姜玉兰。1909年农历八月,萧红父母正式举行了婚礼,女方亲属一共去了二十多人。与此同时,王化钰还采访了萧红的其他亲属和故乡人（共九人),都异口同声地肯定萧红父母是原配夫妻,萧红是他们的亲生女儿。

更具有权威性的说法来自黑龙江省呼兰县志编纂委员会办公室。该机构组织力量，从1982年至1984年这两年中对萧红家族、亲属、同窗好友、老邻居等35人次进行了调查，并查阅了档案馆中有关张氏家族的历史资料，由呼兰县志办副主任刘惠周作代表，宣布了对萧红身世的历史结论，说法与王化钰完全一致。目前，有关萧红的年谱、传记多采用呼兰县志办提供的史料。

还有人从萧红临终前创作的小说《小城三月》中看到了她父亲的另一面：这是一位开明而温暖的乡绅，参与维新，跟作品中"我"的继母生活平静和睦，不仅支持妻子在小城最早穿上了高跟鞋，对乡邻也亲切友善，家中子弟都受到了良好教育。这种描写跟《永远的憧憬和追求》一文形成了反差。这是萧红临终前思乡情绪的流露，还是展现了张廷举为人的另一面？

虽说萧红故乡的有关机构对她的家世做出了"历史结论"，但仍然存在一个疑惑：萧军的说法跟地方文史办的说法哪个更接近于真实？萧军虽然是一个擅长虚构的作家，最终又跟萧红分了手，但是找不出一个他对萧红父亲"污名化"的动机和理由。萧军除了举出萧红的小说作为旁证之外，还明白无误地说明萧红的生父可能"谋害"的情况是萧红的弟弟张秀珂亲口对他说的，类似于古代"公案小说"中的"谋妻害命"。张秀珂1937年参加工农红军，1939年加入中国共产党，曾任新四军七旅宣传教育科科长、东北二纵队政治部秘书、北满军区调查研究室主任等职，1956年因患风湿性心脏病病逝，享年40岁。他跟萧军谈的家庭情况是在他参加革命之前说的，不会有隐瞒家庭成分的可能。1955年，张秀珂在北京和平医院治病，应骆宾基之情，临终前口述了一篇文章《回忆我的姐姐——萧红》，后来发表于1983年《黑龙江文史资料》第八辑。但这篇回忆只是谈了他跟萧红的交往情况以及他对萧红思想的理解，丝毫也没有涉及他们姐弟的身世问题。1993年9月，张秀珂之子张抗在哈尔滨出版社出版的《萧红研究》第一辑发表了《萧红家庭情况及其出走前后》一文，承认他父亲的确对萧军说过张廷举不是他和萧红的生父，原因是一位老厨子对他父亲说："你的命苦呵，你没有亲妈，爹也不是亲爹。"后来张秀珂夫妇"又讨论了这个问题，感到老厨子的话很可能出于对剥削者的气愤"。张秀珂的儿子在时隔半个世纪之后用"很可能"三个字否定其父当年的说法，仍然不能不为好事者心生疑窦：祖辈的情况，孙辈怎么能"讨论"出来呢？

谁是萧红的"始乱终弃者"？

在跟萧军结识之前，萧红有没有初恋情人？如果有，那此人是谁？这成了萧红生平研究的第二个"死角"。

据骆宾基《萧红小传》记载："（萧红）不但谈及她的初恋，谈及她第一次随着自己的情人去北平，坐上火车的心情，充满憧憬与幸福感，而在北平一个胡同的小院里突然发现站在那个李姓青年面前的却是他的'真正的妻子'，而立即提起皮箱昂然地只身一人离开的愤然情绪，谈及当时心想，'真是笑话，我又不是到北平和你争男人来的！'"骆宾基是萧红临终前四十四天的陪护人，他的材料应该是根据萧红的口述，而不应该是自己的编造。《萧红小传》发表于1946年，多次再版，影响广泛，可以说是萧红研究的入门书。骆宾基说的那位"李姓青年"无疑就是李洁吾。

问题是，目前还没有任何旁证能说明李洁吾就是萧红的"初恋情人"。陪萧红第一次去北京的并不是李洁吾，而是她的表兄陆哲舜。1937年4月萧红只身去北京找李洁吾，是在萧军跟许粤华感情出轨之后。许粤华是萧红的闺蜜，也是友人黄源当时的妻子。闺蜜跟自己的患难情侣出轨，使萧红"心像被浸在毒汁里那么黑"。她想离开上海这伤心之地，迁居北平，想找李洁吾商量，寻求帮助，但她并不知李洁吾已经结婚生女，引起了李洁吾妻子的误会，但并不存在"抢男人"的问题。萧红重病中跟骆宾基讲述自己的经历，骆宾基无法录音，多半也无法记录，结果在记忆中把两个人物跟几件事情混淆起来，熬成了一锅"记忆乱炖"。《萧红小传》修订再版时，骆宾基订正了一些失误，如萧红的祖籍为鲁西的莘县而非胶东的掖县，萧红住进哈尔滨市立第一医院产科是1932年秋天而非1933年冬天，却未对以上这件事情进行订正。

李洁吾结识萧红，是通过他在哈尔滨三育中学的同学徐长鸿和陆哲舜。1929年，李洁吾已经在北京大学读书，但每年寒暑假都要回哈尔滨探亲访友。徐长鸿家就是李洁吾常去的地方。在徐长鸿家，李洁吾遇到了一位短发大眼、着青裙白褂的女生，她就是陆哲舜的表妹萧红。萧红很想到北平求学，便仔细地询问北京学校的情况。这就是他们初识的话题。1930年萧红初中毕业后，就跟表兄陆哲舜一同到了北平。陆哲舜考入了中国大学，萧红则成了北平师大女附中的学生。

1981年，李洁吾在《哈尔滨文艺》第6期发表了《萧红在北京的时候》，详细介绍了他跟萧红在北平三次相遇的情况。第一次是1930年7月至1931年1月，萧红与陆哲舜初到北平。他们之间讨论过友情与爱情的问题。李洁吾认为："爱情不如友情，爱情的局限性太大。"萧红反驳说："不对，友情不如伙伴可靠。"后来陆哲舜家里对他进行了经济制裁，萧红家也逼她回去结婚。双方都失去了经济来源，他们只得在寒假期间返回哈尔滨。

1931年2月末，萧红因逃婚第二次来到北平。那五元路费是李洁吾资助的。陆哲舜来信拜托他照顾萧红，支持她继续求学。但萧红的未婚夫汪恩甲追到了北平，把萧红接走了，时间是1931年春，2月至4月间。

萧红第三次到北平是1937年初夏，那是萧红从日本归国之后的第二次心灵疗伤之旅。这时李洁吾本人的生活发生了变化，在孔德小学担任教员，有了妻子和女儿。阔别五年后，萧红通过友人找到了李洁吾，见面时在院子里给了他一个拥抱。这一动作被李洁吾在厨房里的妻子看见，一度产生了误会。后来李洁吾跟妻子进行了解释，便把萧红从旅馆接到了家中。5月中旬，萧军来信说身体不适，希望萧红早点回上海。萧红这次在北平大约住了二十天，于5月中旬返回上海。李洁吾详细描述了他跟萧红交往的经过，目的是澄清他跟萧红之间的关系是止乎友情，在北平三次接待，总共不到半年时间。

但也有研究者对李洁吾的回忆进行质疑，理由是这篇文章只是李洁吾口述，由担任萧军秘书的女儿萧耘执笔整理，太过详细，天衣无缝，看来是经过加工，降低了文章的可信度。不过，当下撰写回忆录大多都参考可以唤起回忆或印证回忆的相关资料，如果没有反驳的确证，那"怀疑"终究也不过是"怀疑"。又有人根据骆宾基的说法，以为萧红受了李洁吾的骗弄，以致怀孕，这肯定是张冠李戴，搞错了对象。还有人认为，李洁吾和萧红都是对方的"暗恋"者。"暗恋"是一种内心最隐秘的情感，为他人所难以坐实。萧红第三次见李洁吾时，给过他一个拥抱，这是西方人的一种见面礼。萧红是一个开放型的女性，给他一个拥抱，只能说明他们之间感情不错，而不能证明其他。

那么萧红的表兄陆哲舜是否就是萧红的初恋情人，就是那个始乱终弃者呢？据常理判断，萧红跟陆哲舜之间互有好感应该是确定无疑的，否则萧红就不会因抗婚主动去投奔这位表哥，表哥也不会路远迢迢带她到北平求学。不过，男女之间的关系是十分微妙的。在20世纪三十年代，男女同居也不一定就意味着发生了性关系。比如哲学家朱谦之与其妻杨没累，都提倡独身主义，并主张人类灭绝。丁玲跟胡也频虽然同居，但在冯雪峰出现之前，双方也一直保持了纯洁的友谊。萧红虽然跟陆哲舜同居，只是合租房子，并非同处一室。他们在北平二龙坑西巷同居时，是分住一座独院的北房两头，一人占用一间。后来为节约开支，表兄妹搬到外院来住，萧红住单间南房，陆哲舜则住进那间房的平台。李洁吾在回忆中提供了一个细节：有一次他去看望这对表兄妹，萧红递给他一封信,说表兄对她无礼。李洁吾当场把陆哲舜骂了一顿,训斥得他呜呜咽咽哭起来。如果萧红跟表哥之间真发生了性关系,那就根本不存在什么"有礼"或"无礼"的问题。所以,把陆哲舜当成萧红的情人,目前也无确凿证据。

真正对萧红始乱终弃的只有其未婚夫汪恩甲。

按传统说法,汪恩甲是一个纨绔子弟,黑龙江呼兰县顾乡屯一个驻军帮统的次子,读过法政大学,当时在哈尔滨滨江小学(一说三育小学)当教员。1928年(一说1924年)萧红读初中(一说读高小)时经六叔张廷献介绍,由父母包办订婚。后来萧红发现汪有抽大烟、逛妓院的恶习,心生厌恶,更坚定了她抗婚、逃婚的决心。1931年3月上旬,汪恩甲追到北平,找到萧红。由于萧家和陆家都断绝了对这对表兄妹的经济支持,萧红只得跟汪恩甲返回哈尔滨,在东兴顺旅馆同居七个月,有了身孕,欠下了400(一说600)多元房租和伙食费。根据萧红作品,当年五角钱可够她跟萧军生活三天,所以这笔欠款实可谓是天文数字。汪恩甲声言回家取钱,萧红作为人质被扣押在旅店,如不还钱款将被卖进妓院抵债。

但也有为汪恩甲辩护的声音。1981年2月8日,萧红中学时代的同学沈玉贤公布了一封另一位当年同学刘俊民给她的信。大意是说,萧红跟汪恩甲订婚之后,关系原本正常,不但经常通信,萧红还给汪恩甲织过毛衣,但自从陆哲舜介入之后,萧汪的关系才出现了裂痕。汪恩甲离开道外十六道街东兴顺旅馆的本意,并不是抛弃萧红,而是回家要钱还债，不料反被家人管控起来了。特别是汪的哥哥汪恩厚，一定要汪恩甲跟萧红离婚。萧红找律师写状子告汪的哥哥替他休妻。开庭时，汪恩甲怕他哥哥受法律制裁，只好说是自己要休妻，当场就判了离婚。（何宏：《关于萧红的未婚夫汪恩甲其人》，《萧红研究》第一辑，哈尔滨出版社，1993年9月出版）沈玉贤公布这封信的目的，意在说明汪恩甲离开萧红不仅有其苦衷，而且是在正式解除婚约之后。但是，将怀有自己孩子的未婚妻抛弃在旅馆当人质，这种男人难道不是"渣男"，理应受到道德法庭的审判吗？更何况，欠旅店的钱并不是萧红个人的开销，而是他们同居期间的共同消费呵！

萧红与萧军：从相识、相恋到诀别

萧红与萧军是1932年8月相识的，1937年8月23日萧军日记中就出现了这样的记载："我以后也许不再需要女人们的爱情，爱情这东西是不存在的，吟（按：指萧红），也是如此，她乐意存在这里就存在，乐意走就走。"那么，他们分手的原因是什么呢？

关于跟萧红的相识过程，萧军是这样回忆的：1932年夏，他正流浪在哈尔滨，替一家私营报纸《国际协报》撰稿维持生计。1932年夏天，该报副刊主编裴馨园收到一位女读者的求助信，希望能为她寄去几本文艺读物，因为她已被所住的旅馆幽禁。老裴被这封凄切动人的来信感动，便派萧军根据信封的地址"哈尔滨道外正阳十六街东兴顺旅馆"去了解实情。

出现在萧军眼前的是一条昏暗的甬道，一间没有灯光但散发出霉味的房间，一个模糊的女人的轮廓。细看之后才发现一张圆形的苍白的脸，脸上闪动着一双特大的闪亮的眼睛，目光在求助，声音在颤抖，身材显示出她怀有身孕，这就是萧红留给萧军最初的印象。坐定之后，萧军掏出了老裴的介绍信，证明了自己的身份。萧红这才向萧军坦陈了自己的境遇：被未婚夫欺骗，积欠了房金伙食费，被旅店作为人质软禁，不还清欠款就会被卖到"圈儿楼"（哈尔滨道外的妓院）。交谈时萧军无意看到了萧红的绘画和小诗，发现了她的文艺才能，马上决定不惜一切代价来拯救这个美丽的灵魂！不过，这种"救世主"般的想法和姿态，对于二萧之间迅猛产生的爱情也会成为一种消融剂。这是后来为他们的情感经历所证明了的。

1932年8月，松花江突发洪水。数日之内，哈尔滨两万多人丧生，成千上万的民众无家可归，平日的街道呈现出扁舟款行的奇特画面，用木箱当船的也有，用木板当船的也有。萧红趁东兴顺旅馆混乱之际，独自搭上了一艘运柴火的救生船。几经周折，竟意外地碰到萧军。当时萧军正划着一只小船去找她。两人先寄居在裴馨园家，而后在欧罗巴旅馆开始了同居生活。

二萧在哈尔滨的同居生活，用"相濡以沫"来形容再恰当不过。很多生活细节，都被萧红写进了小说、散文集《商市街》。

刚住进白俄经营的欧罗巴旅馆时，萧军身上原只有五元钱，又付了五角钱马车费，但那经理却把一月三十元的包租费涨成了六十元，想趁松花江涨水发一笔横财。萧军先付两元的日租金，经理要他们第二天就搬走，逼得萧军从床上取出剑来指着那经理。经理吓得去报警。幸亏来的是中国警察，而不是日本宪兵，只把那把剑扣押了一晚了事。

离开欧罗巴旅馆之后的同居生活，使"贫穷"与"疾病"成了萧红笔下的两大主题：穷到"从昨夜饿到中午，四肢软弱，肚子好像被踢打放了气的皮球"（《饿》）。"到家把剩下来的一点米煮成稀饭，没有盐，没有油，没有菜，暖一暖肚子算了。"（《借》）"黑列巴和白盐许多日子成了我们唯一的生命线。"（《黑列巴和白盐》）没有吃的，自然也没有穿的。萧红的鞋带断成了四截，萧军把自己的一条鞋带分给萧红。结果，萧红的鞋上，一只是白鞋带，另一只是黄鞋带。（《破落之街》）萧军当家庭教师挣了二十元票子，从当铺赎出了他当过的两件衣裳：一件夹袍，一件小毛衣。他自己穿上了毛衣，把夹袍给萧红穿。萧军的毛衣很合身，萧红穿上夹袍两手立即被袖口吞没，自己也看不见双脚了，但她仍感到很合适，很满足。（《家庭教师》）

萧红体弱，长期困扰她的还有疾病：时而头痛，时而肚子痛，穷家没有暖水袋，那铁盒子又漏水。萧军将开水倒进一个空玻璃瓶，想让萧红当暖水袋用，不料瓶底一遇到热水就炸裂了，满地流着水……（《借》）幸亏哈尔滨有一家市立公共医院，可以免收穷人的药费。萧红挣扎着去看病，萧军雇了一辆人力车，让萧红坐上，自己跟着车边走边跑……（《患病》）哈尔滨的冬天是漫长的，有火炉无木柴，萧红觉得屋子太冷，恨不得把冰冷的腿放在自己的肚子上取暖，但腿太长，根本放不上去。（《最

末的一块木桦》)不过,即便贫病交加,只要萧军在旁边,萧红就感到"饿也不难忍了,肚痛也轻了"。(《搬家》)

二萧同居期间,最有意义的事情是共同出版了二人合集《跋涉》,其中有萧军作品六篇,萧红作品五篇。萧红署名"悄吟",萧军署名"三郎"。印刷费是舒群、王幼宾等友人凑集的,秘密印行了一千册毛边本。书稿大部分由萧红抄写,书名由萧军题签。萧红在《册子》一文中描写了该书出版的情况:萧红在烛光下忍受着眼痛和蚊虫叮咬抄稿。萧军问:"手不疼吗?休息休息吧,别弄坏了眼睛。"但萧红抄了三千多字仍不停笔,笔尖在纸上哗哗作响……第二天,两人一起跑印刷局,看到自己的手迹被排成铅字,比儿时穿到母亲缝制的新衣更加欢喜。中秋节前夕,他们自己装订了一整天,腰酸背痛,才装订了一百部。为了庆祝《跋涉》一书的出版,这两位文坛的跋涉者破例吃了一顿俄国点心,还喝了两杯沃特加酒。不久,这本书就成了禁书。这两个苦命鸳鸯侥幸没被日本宪兵逮捕,但送到书店的书没几天就禁止发卖了。1946年,萧军重返哈尔滨,偶然从旧书店买到一本《跋涉》,感慨他跟萧红珠分钗折,人间地下,不禁悲从中来。

结识鲁迅:生命史上最温馨的一页

在萧军萧红的生命史上,最温馨、最重要的回忆无疑是跟鲁迅的交往。萧军是骑兵出身,后被擢升为见习上士,受鲁迅《野草》等作品影响自学成才,从事编辑和业余创作。萧红只上过中学,也是一位文学爱好者，但他们都有文学天赋和超越年龄的生活阅历，所以他们在青岛能够写出《生死场》和《八月的乡村》这样的长篇。但在商业化的出版界，像二萧这样的无名作者往往是被冷落的，更何况他们写出的是具有鲜明民族意识和左翼倾向的作品！

生活证明，人的成功既取决于本身的潜质，也取决于看似偶然的机遇。在坎坷的境遇中，萧军遇到了一位朋友孙乐文——他是中共地下党员，在青岛经营着一家"荒岛书店"。此人在上海内山书店见过鲁迅，知道鲁迅一贯提携文坛后进，便鼓动萧军借用荒岛书店的地址写信给鲁迅求教。于是萧军抱着"试试看"的忐忑心情，给鲁迅写了第一封信。1934年10月9日鲁迅日记中有一条记载："得萧军信，即复。"当时萧红的《生死场》已经完稿，萧军的《八月的乡村》也在赶写之中，但他们不知道这类作品的题材是否跟左翼文艺运动的主流合拍，希望鲁迅能对他们的作品进行指导。鲁迅毫不犹豫地答应替他们审稿，并深刻指出："不必问现在要什么，只要问自己能做什么。现在需要的是斗争的文学，如果作者是一个斗争者，那么，无论他写什么，写出来的东西一定是斗争的。就是写咖啡馆跳舞场吧，少爷们和革命者的作品，也决不会一样。"

收到鲁迅的亲笔信后，处于困境中的二萧如在阴云的缝隙中看到了一缕阳光，如在雾海夜航中看到了灯塔的指向。萧红几次流着热泪在反复阅读鲁迅的回信，硬汉萧军泪水也湿润了眼眶。此时，中共青岛地下党组织遭到破坏，萧军的文友舒群被捕入狱，孙乐文也准备停办《青岛晨报》。他交给萧军四十元钱作为遣散费。萧军花去二十多元买了两张日本轮船"大连丸"的船票，挤在堆满咸鱼和粉丝的四等舱里，从青岛抵达了上海。上岸之后他手中只剩下了十八元几角余款，再付九元在拉都路租赁了一处亭子间，兜里的零钱就只够买一点糊口的食品了。在生活的艰难中，鲁迅向这两位素昧平生的东北流亡作家伸出了援手。鲁迅不仅在工作繁忙、体弱多病的情况下认真审读这两部字迹潦草而又细小的稿件，订正笔误、修改格式、亲撰序言，而且借钱帮助他们维持稍微安定一些的生活。萧红接过鲁迅用血汗换来的钱，觉得内心刺痛。鲁迅写信安慰说："这是不必要的。我固然不收一个俄国的卢布、日本的金元，但因出版界上的资格关系，稿费总比青年作家来得容易，里面并没有青年作家的稿费那样的汗水的——用用毫不要紧。而且这些小事，万万不可放在心上，否则，人就容易神经衰弱，陷入忧郁了。"

最使萧军萧红难忘的是1934年12月19日的一次聚餐。那天下午六点，鲁迅一家三口请二萧到上海广西路332号梁园豫菜馆吃饭。因为二萧初到上海，鲁迅怕他们路不熟，特意写信说明广西路是二马路与三马路之间的一条横街，若从二马路弯进去，比较近。同席的还有茅盾、聂绀弩夫妇和左翼作家叶紫。那时候鲁迅54岁，萧军27岁，萧红23岁，而叶紫刚22岁。正是这次聚餐之后，二萧跟叶紫成立了一个文学社团，取名为"奴隶社"。社名是萧军提出来的，得到鲁迅的赞同。鲁迅说："奴隶社这个名称是可以的，因为它不是奴才社，奴隶总比奴才强，因为他们要反抗。"

接着,叶紫想出了一个出版单位的名字——"容光书局",联系了一家"民光印刷厂",出版了一套《奴隶丛书》,共出版了三本小说:叶紫的《丰收》,萧军的《八月的乡村》,萧红的《生死场》。鲁迅在《叶紫作〈丰收〉序》中说:"作者还是一个青年,但他的经历,却抵得太平天下的顺民的一世纪的经历。"在《田军作〈八月的乡村〉序》中,鲁迅指出:"作者的心血和失去的天空,土地,受难的人民,以至失去的花草,高粱,蝈蝈,蚊子,搅成一团,鲜红的在读者眼前展开,显示着中国的一份和全部,现在和将来,死路和活路。"1935年11月14日深夜,周围像死一般寂静,鲁迅在灯下看完了《生死场》的原稿,感到萧红这位女性作者以"细致的观察和越轨的笔致",力透纸背地表现出中国"北方人民的对于生的坚强,对于死的挣扎",并特别肯定了萧红叙事和写景的才华。尽管当时国民党中央宣传部书报检查委员会不允许这部小说出版,鲁迅还是公开署名为萧红写序,希望读者能够读后增添"坚强和挣扎的力气"。

令人不解的是,前些时候,有些人不知出于什么动机,煞费苦心想把鲁迅跟萧红的关系搞得暧昧化。其依据有两点:一、这些人戴着有色眼镜,从萧红的回忆录《回忆鲁迅先生》中发现了"什么也没发生",但"什么都有了"的心灵之爱。二、把萧红去日本期间没给鲁迅写过一封信,视为"不正常"的现象,证明"萧红跟鲁迅关系不一般,太不一般了"。

《回忆鲁迅先生》是萧红1939年10月在重庆完成的两万四千字

的长篇回忆录，也是她纪念鲁迅逝世三周年的一瓣心香。这篇文章共分为长短不一的45个生活片段，均为作者的亲历、亲闻、亲见，既具有散文的审美特质，又具备传记的基本特征，以生动可信的细节描写了鲁迅的饮食起居、待人接物、读书写作、休闲娱乐、病中生活……立体化地再现了鲁迅平凡而又伟大的形象。比如，鲁迅平时用餐只有三碗菜，而招待来客大碗上菜，起码四五碗，多则七八碗。鲁迅备有两种纸烟：一种绿听子装的便宜货，自己抽；另一种白听子的前门牌香烟，专用招待客人。跟亲友外出看电影时，因为周边的汽车房只有一辆车，他总让家中的妇女儿童乘坐，而自己走到苏州河大桥去等电车。瞿秋白烈士殉难之后，鲁迅自编《海上述林》以为纪念，当时鲁迅在病中，客人不断，几十万字的校样要看三遍，所以鲁迅有时一边陪客，一边校对，说："眼睛可以看，耳朵可以听……"在现存的同时代人撰写的鲁迅回忆录中，萧红的这一篇实可谓一枝独秀，极具史料价值，也是现代散文的典范之作。

鲁迅扶植萧红，一方面是因为萧红有过人的文学天赋，另一方面是因为她跟萧军一样，都带有质朴的"野性"，坦白率真，不像那种台前幕后面孔不一的洋场恶少。萧红接近鲁迅，一是因为对鲁迅发自内心的崇敬，在朋友圈谈及鲁迅都是以"导师"相称；二是因为萧红在上海，有一个时期非常烦闷、失望，用许广平的话来形容，就是"哀愁笼罩了她整个的生命力"（《追忆萧红》），因此经常来找鲁迅交谈，寻求她长期缺失的父爱和母爱。至于她到日本期间不给鲁迅写信，萧红解释得十分清楚，就是因为当时鲁迅的身体状况非常不好，所以他跟萧军约定都不给鲁迅写信，以免除鲁迅的复信之劳。萧军离开上海去青岛期间，也没有给鲁迅写过。病中的鲁迅不了解二萧之间的私下约定，也不了解他们离开上海之后的通讯地址，所以一度中断了联系。想以此证明鲁迅跟萧红的关系"很不一般"，纯属是一种臆断。

关于《苦杯》的点滴记忆

研究二萧的情爱史，自然离不开萧红的抒情短诗《苦杯》和《沙粒》。这些都是萧红的直抒胸臆之作，从中可以破译出她的许多心灵密码，比其他任何人的回忆录都真实可信。这些诗作的披露过程，引发了我的一些回忆。

大约是1979年底或者1980年初，我去鲁迅博物馆资料室（那时还不叫资料典藏部）查资料，无意中看到了一个小皮箱，我很好奇，询问资料室的同事，方知道这是萧红的遗物：离开上海之前委托许广平保存，后来许广平又移交给了鲁迅博物馆。打开皮箱一看，里面有一些萧红的遗物和文稿。文稿中有一个日本印制的稿本，萧红用钢笔在上面工整地抄录了十题七十一首诗歌，无修改痕迹，无前言后记，无创作日期。从内容判断，是写于1932年至1937年间，其中有些发表过，如《沙粒》《拜墓诗》《一粒土泥》《春曲》，但《苦杯》从未发表过，这让我特别惊喜。

记得初读时，我曾一度把《苦杯》误看成《苦怀》，因此留下了深刻印象。我是鲁迅博物馆的工作人员，觉得擅自发表馆藏资料有"近水楼台先得月"之嫌,便把这一情况告诉了鲁迅博物馆研究室手稿组的负责人吕福堂,建议由他整理,公诸于世,以推动方兴未艾的萧红研究。后来吕福堂撰写了《有关〈萧红自集诗稿〉的一些情况》,经我推荐发表于《中国现代文学研究丛刊》1980年第3期。该刊是中国现代文学研究学会的会刊,学会秘书长吴子敏是我的朋友,责编李志强也是我的熟人,文章发表得非常顺利。

在《苦杯》中,我看到了这样的诗句:"往日的爱人,为我遮避暴风雨,而今他变成暴风雨了!让我怎样来抵抗?"又说:"我幼时有个暴虐的父亲,他和我的父亲一样了!父亲是我的敌人,而他不是,我又怎样来对待他呢?他说他是我同一战线上的伙伴。"我想,这不正是萧红在上海跟萧军同居时期的真实心境吗?在《沙粒》中,萧红又写道:"理想的白马骑不得,梦中的爱人爱不得。""什么最痛苦,说不出的痛苦最痛苦。"我想,这不正是萧红在日本独居期间对她跟萧军关系的反思吗?这样的史料,无论对于研究萧红的诗作,还是撰写萧红的传记,都太珍贵、太重要了,的确应该公之于众,而不应在鲁博的资料库中长期淹没。

萧红有"妻性"吗?

萧军萧红相处六年之后为什么会分手?萧军跟萧红有不尽相同的回答。他们的同时代人跟研究者也有各自的看法。萧军总的回答是"无可奉告",他不愿用虐心的方式来满足他人的好奇心。但他在文章中也还是有他的解释。他认为,他跟萧红之间主要的差异是:"在我的主导思想是喜爱'恃强',她的主导思想是过度'自尊'。"萧军还说:"作为一个六年文学上的伙伴和战友,我怀念她;作为一个有才能、有成绩、有影响的作家,不幸短命而死,我'惋惜'她;如果从'妻子'意义来衡量,她离开我,我并没有什么'遗憾'之情!鲁迅先生曾说过,女人只有母性、女儿性,而没有'妻性'。所谓'妻性'完全是后来的、社会制度造成的。(大意如此)萧红就是个没有'妻性'的人,我也从来没有向她要求过这一'妻性'。"(《为了爱的缘故:萧红书简辑存注释录》,第260页,金城出版社2011年8月出版)

萧军肯定萧红是"一个有才能、有成绩、有影响的作家",但他认为萧红过于"自尊",没有"妻性",不适合做妻子,所以离开她并没有什么遗憾。对于萧红文学成就的评价,目前已是有口皆碑,估计要比萧军对她的评价高出许多。至于萧红有没有"妻性",则是一件见仁见智的事情。虽然有句俗话:"鞋合不合脚,只有脚知道。"但问题是涉及对"妻性"的理解。"妻性"这个词的发明权应属于鲁迅,在《而已集·小杂感》中鲁迅写道:"女人的天性中有母性,有女儿性,无妻性。妻性是逼成的,只是母性与女儿性的混合。"笔者理解,在鲁迅看来,母性和女儿性是女人的自然属性,"妻性"则是封建专制制度和封建伦理道德铸就的。"三纲"当中的"夫为妻纲"就是铸就"妻性"的一块模板,经过这种威逼,妻子在丈夫面前完全失去了人格的独立性,出现了男人可以妻妾成群的现象,"妇者服也"的观念,以及"烈女殉夫"之类的人间惨剧。从这个意义上说,对爱和自由永怀憧憬和追求的萧红自然缺乏萧军所说的"妻性",这难道是萧红的人格缺陷吗？但在常人的眼光中,"妻性"指的是温婉贤惠、能相夫教子、操持家务。如果按这种世俗标准,萧红却是一位上得了厅堂、下得了厨房的主妇,是一位对爱人体贴入微的"小女人"。据许广平回忆,萧红特别会做饺子,摊薄饼,对于衣饰也很讲究。"如果有一个安定的、相当合适的家庭,使萧红先生主持家政,我相信她会弄得很体贴的。"(《追忆萧红》)萧军还举过这样一个例子：鲁迅夫妇邀请他们到梁园豫菜馆吃饭,但萧军当时只有一件灰不灰、蓝不蓝的破罩衫。萧红认为宴席上还有其他客人,穿件破罩衫不够礼貌,便在头一天买了一件"大拍卖"的黑白纵横的方格绒布料,只花了七角五分钱,而后亲自剪裁缝制,不吃、不喝、不停、不休,直到赴宴当天下午五点,终于让萧军穿上了这件"礼服",再让萧军扎起小皮带、围上丝围巾,打扮得神采奕奕。看完萧军的以上回忆,脑海中不禁浮现出了《红楼梦》中晴雯补裘的画面。谁又能说萧红没有"妻性",不能成为一个合格的妻子呢？

在对爱人体贴方面,萧红同样是细致入微。现存的萧红致萧军信,共四十三封,其中三十五封写于东京。萧红只身东京并不是在与萧军蜜月期,而是处于与萧军情感的破裂期。萧红到日本,原本是投奔黄源的妻子许粤华,同时去探望她的弟弟张秀珂,不料张秀珂"竟未敢去找她,怕特务发现……就于是年冬转道东北跑到上海了。"(《回忆我的姐姐——萧红》,1983年《黑龙江文史资料》第八辑)而许粤华也因经济问题提前迫回上海,并在为鲁迅治丧期间跟萧军产生了婚外恋。(周彦敏：

《萧红的情人们》，第119页至120页，金城出版社2014年6月出版）许粤华晚年致友人信中写道："我的青年时代是因偏行己路而非常痛苦的，实在不堪回首。"（1992年致陈瑜清函）萧红则是内心陷入了"说不出的痛苦"，感受到"忘记了悲哀"的"悲哀"。（《沙粒》）

即使在这种情况下，我们仍然能感受到萧红对萧军的温存与挚爱。比如，她在信中问候萧军的起居："吃得舒服吗？睡得也好？"她希望萧军要少吃药，但万一伤风，还是要吃阿司匹林。她要萧军饭要少吃些，但一天要吃两个鸡蛋，切开的西瓜要放一会儿再吃。萧军当时在青岛，她建议萧军每天游两次泳，但身体弱时，不要去海上游。她怕萧军衣服不够，想用四十元买一件皮外套送萧军，又担心萧军被子薄，建议萧军买三斤棉花，或者干脆买床新被。除了经常讲述自己的创作情况，萧红还在信中写了很多她生活当中发生的事情：大到骇人的地震，邻居家发生了火灾；小到饭后胃痛，上火唇破，乃至腿肚子上被蚊子咬了个大包……但萧军并不爱听萧红的这些絮叨，认为萧红"从来是这样像个小老太婆"似的，在生活上"干涉"太多。萧军还认为，萧红的倾诉是一件"无益"的事情，因为他"不愿意向任何人谈论自己的病症或伤害的"，总愿意把愉快给予人，以至萧红曾骂他是具有"强盗"一般灵魂的人。

人与人之间的精神是很难沟通的，肉体的痛苦其实也是很难沟通的。萧红曾把自己比作一匹"病驴"，而把萧军比喻为一头"健牛"。"病驴"向"健牛"倾诉自己的病痛，不但经常得不到体贴和关怀，反而会在夫妻生活之间形成一道"双面障壁"。这也许就是萧军认为萧红缺乏"妻性"

的理由。

"出轨"与"家暴"

萧红对于她跟萧军分手的原因没有书面陈述,但根据聂绀弩《在西安》一文回忆,萧红在1938年曾对他说:"我爱萧军,今天还爱,他是个优秀的小说家,在思想上是个同志,又一同在患难中挣扎过来的!可是做他的妻子却太痛苦了!我不知道你们男子为什么那么大的脾气,为什么要拿自己的妻子做出气包,为什么要对自己不忠实!忍受屈辱,已经太久了……"这篇文章刊登于1946年1月22日《新华日报》,后来被作者收入散文集《沉吟》,萧军出版《为了爱的缘故:萧红书简辑存注释录》还特意将此文作为附录收入,可见这篇回忆录是真实客观的。萧红认为,她跟萧军分手的原因,一是萧军性格粗暴,二是萧军感情出轨。这使萧红在跟萧军同居之初就有一种强烈的屈辱感。

萧军在婚恋问题上一直秉持"爱便爱,不爱便丢开"的观点。他公开承认,在爱情上曾经对萧红有过一次"不忠实"的事:"在我们相爱期间,我承认她没有过这不忠的行为的——这是事实。那是她在日本期间,由于某种偶然的际遇,我曾经和某君有过一段短时期感情上的纠葛——所谓'恋爱'——但是我和对方全清楚意识到为了道义上的考虑彼此没有结合的可能。为了要结束这种'无结果的恋爱',我们彼此同意促使萧红由日本马上回来。这种结束也并不能说彼此没有痛苦的!"(《为了爱的缘故:萧红书简辑存注释录》,第191页,金城出版社2011年8

月出版)

  萧军承认的这件"不忠实"的事,发生在萧红赴日本期间,也就是1936年7月至1937年1月。恋爱的对象是许粤华,笔名雨田,1912年生,浙江海盐人,并没有包括陈涓。但从萧红的诗作《苦杯》判断,萧军跟陈涓的交往至少也是精神出轨的表现。《苦杯·二》写的是:"昨夜他又写了一只诗,我也写了一只诗,他是写给他的新的情人,我是写给我的悲哀的心的。"《苦杯·六》写的是:"他给他新的情人的诗说:'有谁不爱个鸟儿似的姑娘!''有谁忍拒绝少女红唇上的苦!'我不是少女,我没有红唇了,我穿的是从厨房带来油污的衣裳。为生活而流浪,我更没有少女美的心肠。"

  《苦杯》是萧红赴日期间的作品。其实早在跟萧军同居的初期,萧红就发现萧军跟陈涓之间的关系有些暧昧。她1935年完成的作品《一个南方姑娘》中的"郎华"以萧军为原型,"程女士"的原型即是陈涓。这位南方姑娘是浙江宁波人,1917年1月6日出生于上海。她虽然"显得特别风味,又美又净",但却是"常常进舞场的人",让萧红感到不投缘。这位姑娘常来男主人公家吃饭、借冰鞋,跟男主人公单独聊得很开心,但只要作品中的"我"一出现,他们就立刻转换话题,把"我"视为他们之间的障碍。

  陈涓是如何跟萧军相识的呢?1934年,陈涓(原名陈丽涓,笔名一狷)到哈尔滨寻兄,无意中在书店发现了《跋涉》这本毛边装帧的小说集,对"三郎"这个名字很好奇,以为是位日本作家。不久经朋友介绍,陈涓认识了萧军。据她说，她是一个心地单纯、落拓不羁的女孩，常去萧军家吃饭，请萧军教她滑冰。她当时已有心上人，把萧红当亲姐妹那样看待，结果反使萧红感到憎嫌，觉得自己受到了歧视。

1938年秋，陈涓听友人说，萧军跟萧红离婚了，原因是为了她；因为她，二萧之间经常发生争吵。为此，陈涓感到非常遗憾，也感到十分委屈。1944年6月，陈涓以"一狷"为笔名，在《千秋》杂志创刊上发表了《萧红死后——致某作家》一文，详叙了她跟二萧交往的过程。尽管第三者无法判断此文的真伪，但从文章本身来看，陈涓意在表白自己的幼稚和无辜，但却同时证明了二萧结合之后，萧军的确在情感上首先出轨。

这篇回忆录性质的纪实文章承认，在哈尔滨时萧军给她写过有弦外之音的信件，信封中附有一朵枯萎的玫瑰。虽然陈涓在文章中强调"恋情是恋情，友情是友情"，但萧军却曾在她家门口"突然吻了一下，飞一样地溜走了。"在上海重逢之后，陈涓主动找到了萧军，萧军又常邀她吃饭喝酒，又第二次在她"额角头上吻了一下"。这些细节充分说明，萧红对陈涓的排斥并非全出于误解。无怪乎1932年7月30日萧红创作了一首长诗《幻觉》，诗中描写了一位"生得很美，又能歌舞"的女子，诗中的那位男子表面上给另一位女子写诗，但他的心却在这位"女子的柳眉樱唇间翻转"。这表明，敏感的萧红跟萧军同居之初就感受到了萧军对她的不忠。

萧军对萧红有没有家暴行为？梅志的《"爱"的悲剧——忆萧红》

一文中有以下记叙：有一次，二萧参加一场跟日本作家见面的聚会，大家发现萧红左眼青紫了很大一块。萧红说是自己不小心，晚上碰到了硬东西上。萧军则表现出一人做事一人担的男子汉气派，说："干吗要替我隐瞒，是我打的……"对于这件事，萧军后来解释说，他在梦中跟什么人争斗，竟打出了一拳，第二天萧红就成了个"乌眼青"。"有一次我确是打过她两巴掌，这不知是为了什么我们争吵起来了，她口头上争我不过，气极了，竟扑过来要抓我——我这时正坐在床边——我闪开了身子，她扑空了，竟使自己趴在了床上，这时趁机会我就在她的大腿上狠狠地拍了两掌——这是我对她最大的一次人身虐待，也是我对她终生感到遗憾的一件事，除此再没有了。"（《为了爱的缘故：萧红书简辑存注释录》，第156页，金城出版社2011年8月出版）

二萧文学观的异同

除开"出轨"与"家暴"，萧军、萧红1938年在西安分手跟他们文学观的异同也不无关联。从这个角度分析作家的情爱史，看似牵强，但却符合二萧的实际。

二萧文学观同中有异。相同之处是他们都持反帝爱国立场，在作品中都表现出对社会不公、贫富悬殊、阶级压迫、民族危亡的关注和叛逆，因而在"九·一八"事变之后成了"东北作家群"的代表人物。二萧都有独立的文学观念和独特的艺术风格。但相对而言，萧军更强调文学的社会功利性，其作品更注重表现强烈的民族意识与阶级意识；而萧红则更多地继承了鲁迅"改造国民性"的主张,以疗治民众的精神愚昧为己任。

萧军致鲁迅的第一封信,就是请教当前的文学最需要什么,因为他担心他的作品"要表现的主题积极性与当前革命文学运动的主流是否合拍"(《鲁迅给萧军萧红信简注释录》,第9页)。而萧红的作品则显得疏离主流意识形态话语,侧重描写底层民众的文化习惯、生存困境、精神麻木和生死过程,显示出自由创作的特质。在艺术手法上也不恪守传统小说学的成规,就如同她的作品《后花园》中的黄瓜,愿开花就开花,愿结果就结果,既表现出女性作者的纤细,又表现出非女性作者的雄迈。有学者用古代文论中的"言志派"与"载道派"的概念来区分萧红和萧军,这虽然显得有些绝对化,但也不是全无道理。

萧军虽然是一位著名作家,但他从小就"喜武不喜文",总觉得"拿笔的工作实在太使人沉闷","总觉得拿枪似乎更要直接些"。萧军在《我与萧红的缘聚缘散》一文中回忆了萧红在跟他"诀别"时的那一番话:"你去打游击吗?那不会比一个真正的游击队员更价值大一些,万一牺牲了,以你的年龄,你的生活经验,文学上的才能,这损失并不仅是你自己的呢。我也并不仅是为了'爱人'的关系才这样劝阻你,以致引起你的憎恶与鄙视,这是想到了我们的文学事业。你简直忘了'各尽所能'这宝贵的言语,忘了自己的岗位,简直是胡来。"事实上,日军入侵山西之后,晋南老百姓纷纷逃难,完全没有打游击的群众基础,单凭萧军一腔抗日热情如何能打游击?在萧红的内心深处,作家是属于人类的。创作就是她的宗教,她生命的全部。她不去延安主要并不是想回避萧军,而是想在战乱岁月中以自己的病弱之躯做最后的壮烈冲刺。她跟萧军分手后创作的《呼兰河传》《马伯乐》《小城三月》《后花园》以及《回忆鲁迅先生》,的确攀登上了她短暂文学生涯的巅峰,成了文学星空一颗永放光芒的星星。萧红不去延安,更不是对中国共产党的抗日救亡运动立场有任何疏离。众所周知,萧红的遗言中有这样一句话:"我将与蓝天碧水永处,留的那半部《红楼》给别人写了。"这句话中的《红楼》是隐语,跟曹雪芹的《红楼梦》完全无关,而是指冯雪峰反映红军长征的小说《卢代之死》,原名《红进记》,当年仅写了五万字。萧红曾跟骆宾基谈过,"将在胜利之后,会同丁玲、绀弩、萧军诸先生遍访红军过去之根据地及雪山、大渡河而拟续写的一部作品"。(《萧红小传》,建文书店1947年出版)由此可见,萧红虽然不直接写抗日救亡的作品,她绝不是"害怕革命",对她反帝爱国的立场不容置疑。二萧在山西临汾诀别,并不是政治选择的分歧,而是文学选择的分歧。

萧红与端木蕻良

二萧研究中的第四个"死角",是如何评价萧红跟端木蕻良的结合。1938年5月,萧红跟端木蕻良在武汉正式结婚。端木蕻良(1912~1996),原名曹汉文,又名曹京平,辽宁昌图人,代表作有《科尔沁旗草原》《大地的海》《土地的誓言》《曹雪芹》等。萧红是在决定跟萧军分手之后才跟端木相恋的。她想过一种老百姓式的夫妻生活:"没有争吵,没有打闹,没有不忠,没有讥笑,有的只是互相谅解、爱护、体贴。"

但是，萧红这种最起码的愿望最终也落了空。

对于萧红跟端木的这段姻缘，谴责端木的声音较多，包括萧军、骆宾基这样的东北老作家。理由主要有三点：一，1938年8月武汉大轰炸时，端木独自乘船到重庆，把萧红这位孕妇一人留在武汉。二，萧红1941年秋因病先后住进了香港的玛丽医院、养和医院，1942年1月22日病逝。在萧红临终前的44天，端木第二次抛弃了萧红，陪护她的是友人骆宾基。三，萧红跟端木结婚的三年多时间里，时聚时散，若即若离，以致萧红常住朋友家。临终前，萧红将《商市街》的版权赠送给弟弟，《生死场》的版权赠给萧军，《呼兰河传》的版权赠给骆宾基，没给端木留什么念想。

对于上述责备的声音，端木蕻良长期保持了缄默，直至1980年6月，美国学者葛浩文为了撰写《萧红评传》来华采访，端木本人以及他后来的妻子钟耀群和侄儿曹革成才相继发声。他们答辩的内容主要有以下四点：

一，端木比萧红小一岁，没有婚姻经历。他跟萧红相恋时，萧红还怀着萧军的孩子，身体又那样坏。但是他把跟萧红的结合看成是一件十分严肃的事情。所以，他不愿像萧军那样仅仅跟萧红保持同居关系，而是正式结婚，以区别于轻率的苟合。他们在武汉大同酒家正式举办了婚礼，参加者有胡风、池田幸子等中外友人，证婚人是端木三嫂刘国英的父亲、汉口邮电局局长刘秀瑚先生。

二，1938年，武汉被日机轰炸，到重庆的船票一票难求，是作家罗烽让出了一张船票。萧红觉得自己跟罗烽先行不合适，要端木先行，她暂留武汉期间有歌词作家安娜照顾。没想到安娜后来并没弄到船票。

三，萧红跟端木聚少离多，跟抗战时期的动荡生活有关，不能单纯归结为情感问题。

四，1939年1月，萧红跟端木在重庆团聚；1940年1月，同机到达香港。端木从青少年时期即患腿疾，行走不便，他从当时的住处到萧红所住的医院来回有八十里之遥，探视极为不易。正巧当时从内地逃难到香港的骆宾基投奔他，他便请骆宾基帮忙照料萧红，共议将萧红《呼兰河传》的版税相赠。骆宾基是萧红弟弟张秀珂的朋友，1937年在上海法租界美华里相识，热情有余，阅世不深。他曾承诺短时间替端木照顾萧红，因为端木需要外出筹款购物，又有渡海"突围"的想法，结果骆宾基成了萧红的主要陪护者，直到精神紧张、身体痛苦的萧红最后死在骆宾基的怀中。端木感到自己的主要错误，是在迫不得已的情况下，由萧红自己签字，默认医生切开气管，而萧红原有肺病，开刀后伤口难以愈合。战时香港没有正常的医疗条件，以致缩短了萧红的寿命。后来证实，第一次手术属于误诊，萧红并未长有喉瘤，而只是恶性支气管扩张。

萧红的遗愿，是要葬在鲁迅墓旁，这在当时绝无可能。端木把萧红的骨灰分为两份，一份选定了香港风景最佳的浅水湾，用手和石头挖了一个坑，安葬了萧红的骨灰瓶，用木板写了"萧红之墓"四个字；另一份骨灰瓶则埋在圣士提反女校。这样做的动机，是担心战争期间萧红墓地一旦被毁，还保存了另一部分骨灰。

萧红去世之后，端木独身18年，直到20世纪60年代才跟一位演员、导演钟耀群结婚。1957年7月，萧红在浅水湾的墓地可能被毁，端木以丈夫的名义委托广州作协出面，将萧红骨灰迁葬至广州银河公墓。端木为萧红写了不少悼亡诗，其中有"生死相隔不相忘""银河夜夜相望""九曲寒泉难为冻，奔流到海报卿卿"一类诗句。十年浩劫期间，端木仍冒险珍藏着萧红的一小撮头发。十年浩劫之后，端木几乎每年都要自己或托朋友到广州银河公墓祭扫萧红。

在对端木的责难声中，还应该补充一点，就是端木轻视萧红的创作，认为她的一些作品不值得一写，使这位才华横溢的女作家自尊心受到了挫伤。但端木一方的解释是，作为丈夫，端木希望已经成名的妻子在创作上能不断攀登上一个新境界，这丝毫不应受到责难。相反，夫妻之间有过很好的合作，如萧红为端木的长篇《大江》续写过一段文字，并题写了封面；端木也为萧红的名作《小城三月》绘制过插图。他们还共同创作了哑剧《民族魂》。萧红一生中的一些代表作（如长篇小说《呼兰河传》《马伯乐》，中篇小说《旷野的呼唤》，回忆散文《回忆鲁迅先生》等），也都是在她跟端木结合期间创作的。其实萧军对萧红的作品也有非议，如结构松散、题材琐细。但这是文学观的分歧，不能以此作为判断夫妻情感的依据。

结　语

本文开头提及，20世纪80年代以来国内外文学研究界有一种持续不衰的"萧红研究热"。这首先取决于她作品的经典意义，但同时也应该承认这跟她曲折哀婉的人生经历不无关联。萧红曾经感叹："你知道吗？我是个女性，女性的天空是低的，羽翼是稀薄的，而身边的累赘又是笨重的。"这番生命体味更激起了不少女性主义者的研究兴趣。正如萧军所言，研究萧红生平会遇到许多"死角"。此文也未能突破这些"死角"而达到"曲径通幽"的境界。但苏轼七绝《题西林壁》中说得好："横看成岭侧成峰，远近高低各不同。"要了解庐山的全貌必须从横、侧、远、近诸角度进行观察。要了解萧红的情感经历亦如此。文本钩稽梳理了对萧红生平，特别是婚恋史上的不同说法，恰如以更高更广的视野观察庐山，至少可以为突破二萧研究的某些"死角"开辟一些通道。

2020 年 6 月

上篇

萧红致萧军

这部分信是萧红写给萧军的，其中从日本东京到上海、青岛的信件35封，从北京到上海的有7封。在这些信中，有对萧军日常生活注意事项的絮絮叨叨，有对写作的汇报和喜悦分享……虽然没有肉麻的情爱，但字里行间充满了思念的味道。

这些信件写于1936年到1937年之间，这一时期也是萧红和萧军两人感情逐渐出现裂痕的时期。当时她和萧军在上海的创作事业风生水起，萧红成为文学界一颗崛起的新星，然而萧军思想并没有随之变化，还停留在他要拯救美丽灵魂的拯救者角色，为此两人矛盾逐渐增多。虽然萧红极力想挽救，但效果并不明显。于是，她和萧军约定分离一年，去了日本。

《第壹章》 爱需要距离

情不知所起,一往而深。萧红萧军曾经你侬我侬的恋爱进入了疲软期,为了缓和这种略显尴尬的局面,不懂日语的萧红做出了到日本去的决定。1936年7月,萧红坐上了赴日本的轮船离开。有时候,离开是为了更好地回来!

第[1]封 · 海上

由船上寄——上海
（1936年7月18日发①）

君②先生：

海上的颜色已经变成黑蓝了，我站在船尾，我望着海，我想：这若是我一个人，我怎敢渡过这样的大海！

这是黄昏以后我才给你写信。舱底的空气并不好，所以船开没有多久，我时时就好像要呕吐，虽然吃了多量的胃粉。

现在船停在长崎了，我打算下去玩玩。昨天的信并没写完就停下了。

到东京再写信吧！

祝好！

莹③

七月十八日

---

①萧红1936年7月17日独自去日本东京疗养。②"君"是萧军"军"字的谐音。③萧红本名张乃莹。

第一信

均先生

海上的颜色已经变成黑蓝了，我站在船尾，我望着海。我想：这若是我一个人我怎敢渡过这样的大海！

这是黄昏以后我才给你写信，舱底的空气甚不好，所以船开没有多久我时时就好像要呕吐，等吃了多量的胃散。

现在船停在长崎了，我打算下去玩一回。明天的信还没写完就停下了。到东京再写信吧！

祝好！

莹 七月十六日

第[2]封 · 屋子

东京——上海
(1936年7月21日发，7月27日到)

均[①]：

你的身体这几天怎么样？吃得舒服吗？睡得也好？当我搬房子的时候，我想：你没有来，假若你也来，你一定看到这样的席子[②]就要先在上面打一个滚，是很好的，像住在画的房子里面似的。

你来信寄到许[③]的地方就好，因为她的房东熟一些。

海滨，许不去，以后再看，或者我自己去。

一张桌是（和）一个椅子都是借的。屋子里面也很规整，只是感到寂寞了一点，总有点好像少了一点什么！住下几天就好了。

外面我听到蝉叫，听到踏踏的奇怪的鞋声，不想写了！也许她们快来叫我出去吃饭的时候了！

你的药不要忘记吃，饭少吃些，可以到游泳池

第二信

均[①]：

你的身体这几天怎么样？吃得舒服吗？睡得也好？

当我搬乎子的时候，我想：你没看来，假若你也来，你一定看到这样的第子就要先在上面打一个滚，是很好的，像毡子似的。[②]

花的房子很向似的。

任未信寄到你新的地方就好，因为她的房东麻烦一些。

一张桌子，椅子都是借的，屋子裡面也很规矩，只是感到寂寞，只有吴姊姊[③]一块儿！住下几天就好了。

外面我听到蟬叫，听到强烈的叫卖声，不想写了！

也许她们快来叫我出去吃饭的好快了！

你的药不要忘记吃，饭步吃些，你的身体太弱，那么到海上去游泳

去游泳两次，假若身体太弱，那么到海上去游泳更不能够了。

祝好！

别的朋友也都祝好！

莹

七月廿一日

①"均"是萧军"军"字的谐音。②指日本的榻榻米，日本名为叠敷。③许粤华（1912～2011），笔名雨田，浙江海宁人，翻译家、散文家。当时是黄源的妻子，正在日本学日文。

第[3]封 想哭

东京——上海
（1936年7月26日发，7月31日到）

均：

现在我很难过，很想哭。想要写信，钢笔里面的墨水没有了，可是怎样也装不进来，抽进来的墨水一压又随着压出去了。

华①起来就到图书馆去了，我本来也可以去，我留在家里想写一点什么，但哪里写得下去？因为我听不到你那噔噔地上楼的声音了。

这里的天气也算很热，并且讲一句话的人也没有，看的书也没有，报也没有。心情非常坏，想到街上去走走，路又不认识，话也不会讲。

昨天到神保町②的书铺去了一次，但

第三信

均：

现在我很难过，很想哭，想要写信，钢笔里面的墨水没有了，可是怎样也装不进来，抽进来的尽是空气。后来就到商务印书馆去了，我本来也可以写一点什么，但那里写得下去，四围甘听不到你脚步的上楼的声音了，这里的天气也太热，走且潮，许多讨厌的人还没有，看到书也没有。饭也没有心情那军城，想到街上去走，给又不想，讲也不会讲，所以到神保们的书铺去了一次，但那书铺好像到我一直闹得的，这种先生玩方，满街响着不绝的声音，听见也听不惯这声音。这样一天一天的对不晓得怎样过下去，真是好使克军打仗到画一张。

比我们起初来到上海的时候更觉到无聊，也许惊。也讲了一个长的时间，物是我忍耐不了。不知道你现在准备要走了没有？我已经来一五六天了，不知为什么信还没有来？

不写了，我要出去吃饭，或者

乱走走。

吟，上七月廿六号上午四时半

珂已经在十六号起身西归了。

那书铺好像与我一点关系也没有。这里太生疏了,满街响着木屐的声音,我一点也听不惯这声音。这样一天一天的我不晓得怎样过下去,真是好像充军西伯利亚一样。

比我们起初来到上海的时候更感到无聊,也许慢慢地就好了,但这要一个长的时间,怕是我忍耐不了。不知道你现在准备要走了没有?我已经来了五六天了,不知为什么你还没有信来?

珂③已经在十六号起身回去了。

不写了,我要出去吃饭,或者乱走走。

吟上④

七月廿六日十时半

---

①指许粤华。②日本东京的书店街,跟萧红当时的住处约两三公里。③萧红之弟张秀珂,当时也在日本留学。④"悄吟"是萧红的笔名之一。

第[4]封 文章

东京——青岛
（1936年8月14日发，8月21日到）

均：

接到你四号写的信现在也过好几天了，这信看过后，我倒很放心，因为你快乐，并且样子也健康。

稿子我已经发出去三篇，一篇小说，两篇不成形的短文①。现在又要来一篇短文，这些完了之后，就不来这零碎，要来长的了。

现在是十四号，你一定也开始工作了好几天了吧？

鸡子②你遵命了，我很高兴。

你以为我在混光阴吗？一年已经混过一个月。

我也不用羡慕你，明年阿拉自己也到青岛去享清福。我把你遣到日本岛上来！

莹

八月十四日

第四信

均：

接到你回长沙写的信，现在也该多几天了。医院看过没？我到很放心，因为你快乐，并且精子也健康。

稿子我已经赶出去三篇，一篇小说，两篇不成形的短文。现在又重来一篇短文，这些完了后，就不来这零碎，要来最长的了。现在是十四号，将一些电影改工作，好赶夫子吧？鸡子你养命？我很高兴。

你叫我和泥充阳吗？一年已经过这一个月。我也不用泰莱信，明年阿拉伯自己也到青岛去。亨清福，我把你邀到日本岛上来！——

荣 八月十四日

異國

租間：這窗外的樹聲，
聽來好像家鄉田野上拂動着的高粱，
但，這不是。

這是異國了，
蟬兒的木屐的聲音有呼喚和潮汐一般？

回視：這亨藍的天空，
好像家鄉的月視廣芭的原野，
但，這不是，

這是異國了。
這異國的蟬鳴也好像更响了一些。

异国

夜间：这窗外的树声，

　　　听来好像家乡田野上抖动着的高粱，

　　　但，这不是。

　　　这是异国了，

　　　踏踏的木屐的声音有时和潮水一般了。

日里：这青蓝的天空，

　　　好像家乡六月里广茫的原野，

　　　但，这不是。

　　　这是异国了，

　　　这异国的蝉鸣也好像更响了一些。

---

①指《第三代》的第二部、散文《邻居》和《水灵山岛》。②萧红让萧军每天吃两个鸡蛋。

第[5]封 唠叨

东京——青岛
（1936年8月17日发，8月22日复）

均：

今天我才是第一次自己出去走个远路，其实我看也不过三五里，但也算了。去的是神保町，那地方的书局很多，也很热闹，但自己走起来也总觉得没什么趣味，想买点什么，也没有买，又沿路走回来了。觉得很生疏，街路和风景都不同，但有黑色的河，那和徐家汇一样，上面是有破船的，船上也有女人、孩子。也是穿着破衣裳。并且那黑水的气味也一样。像这样的河恐怕巴黎也会有！

你的小伤风既然伤了许多日子也应该管它，吃点阿司匹林吧！一吃就好。

现在我庄严地告诉你一件事情，在你

均：

今天我才是第一次自己出去走個遠路，其實也看也不過三五里，但也累了，去的是神保町，那地方的書舖很多，也很熱鬧，覺得很好玩，想買點什麼，也沒有買，又沒路走回來了。也總覺得沒什麼趣味，街路和風景都不同，但有些色的行船上也有女人，和綢宗派一樣，也是上海是有那般的，但黑色的衣裳，上也即是那的氣味也一般。像這窗畫破處愛的莽華即是那的恐怕巴黎也會有。

華立信

你的小鈴鳳跟你了許多日子也沒讀管他，吃點阿司匹林吧！一吃就好。

現在我莊嚴的告訴你一件事情，在你看到之輕枕頭，看過我的信就去買！硬枕頭發使腦神經一定要在回信嗎！就是第一件你要買個很壞。你看了我的信就去買，來信也告訴我一聲，我先這迅速兩個你寄去，不貴，並且很輕，第二件你要買一張書做褥子，不用的有毛的那種單子，就使我帶來那樣的，不過更讀重些。你若攢得買，來信也告訴我，也為你寄去。還有，不要看到之后一定要在回信上写明！就是第一件你要买个软枕头，看过我的信就去买！硬枕头使脑神经很坏。你若不买，来信也告诉我一声，我在这边买两个给你寄去，不贵，并且很软。第二件你要买一张当作被子来用的有毛的那种单子，就像我带来那样的，不过更该厚点。你若懒得买，来信也告诉我，也为你寄去。还有，不要忘了夜里不要（吃）东西。没有了。以上这就是所有的这封信上的重要的事情。

　　我的稿子又交出去一小篇。

　　照相机①现在你也有用了，再寄一些照片来。我在这里多少有点苦寂，不过也没什么，多写些东西也就添补起来了。

　　旧地重游是很有趣的，并且有那样可爱的海！你现在一定洗海澡去了好几次了？但怕你没有脱衣裳的房子。

　　你再来信说你这样好那样好，我可说不定也去！我的稿费也可以够了。你怕不怕？我是和（你）开玩笑？也许是假玩笑。

　　你随手有什么我没有看过的书也寄一本两本来！实在没有书读，越寂寞就越想读书。一天到晚不说话，再加上一天到晚也不忘了在哪裡，不要寄來。沒有了。以上這就是所有的這封信上的重要事情。

我的稿子又交出去一小篇。

照像機現在你也有用了，再寄一些照片來，我在這裡是少看見什麼，不過也沒什麼，多嗎些東西也就添補起來了。

舊地重遊是很有趣的，並且香港[?]是何等可愛的海！

你現在一定說海像一個好花盆子？但你還沒有脫離你的房子。

你再來信說你這花如何種好，弟

跟你说不定也去！我的稿费人也可以够了。你怕不怕？那是私开玩笑？也许是假玩笑。

你随手有什么我没有看过的书也寄一本两本来！家乡没有书读，趁寒假就很想读书，一天到晚不读我也不好看，一个半我觉得很残忍，又像我住在旅馆一个住着的那个样子。但有人，有钱跟着他吃饭也觉不到别的滋味

祝
　　好
　　　萧上 八月十七日

看一个字我觉得很残忍,又像我从(前)在旅馆一个人住着的那个样子。但有钱,有钱除掉吃饭也买不到别的趣味。

  祝好。

萧上

八月十七日

---

① 萧军用五元买了一个照相机,拍了几张照片寄给萧红。

第 [6] 封 · 看病

东京——青岛
(1936年8月22日发，8月29日收到即复)

军：

　　现在正和你所说的相反，烟也不吃了，房间也整整齐齐的。但今天却又吃上了半支烟，天又下雨，你又总也不来信，又加上华要回去了！又加上近几天整天发烧，也怕是肺病的（样）子，但自己晓得，绝不是肺病。可是又为什么发烧呢？烧得骨节都酸了！本来刚到这里不久夜里就开（始）不舒服，口干、胃胀……近来才晓是有热度的关系。明天也许跟华到她的朋友地方去，因为那个朋友是个女医学生，让她带我到医生的地方去检查一下，很便宜，两元钱即可。不然，华几天走

第六信

第三

现在正和许所说的相反，烟也不吃了，房间也整齐干净的，但今天实在比上半天还坏，天又下雨，你又经也不来信，又加上萧军要回去了！又加上正发关节发烧，地怕是肺病的子，但自己晓得，决不是肺病，只是多为发烧呢，烧得骨节都疼了！本来刚到这里不久就很苦闷不舒服，失眠，胃涨……正来才晓是又过度的关系，明天地许跟萧到他的朋友家里去，因为那个朋友是个女医生，让她去判断医生的地方去检查一下，很便宜，两元也就可以。萧说天走了，神自己也看医生，绝对不行的，连药也不吃。医学上的说她也不会懂的。大概做远不知道，萧的变父亲病重，所以她必得回去。整了之后，他得句，再就没带熟人（虽她和她同信的邻位女士倒很好，但她的父女友也欢迎，父女生病，住到很远的朋友家去了。

假若精神和身体少做好一点，就该要工作的，因为除了工作再没有别的事情可做的。可是今天是坏之极，好像中暑似的，疲乏，头痛和不能支持。

不鸣，心脏还是那样，全身的血液在挣扎着。

你还是买一部厚辞伦带来。

祝好！

八月廿二日在病中

菸

了，我自己去看医生是不行的，连华也不行，医学上的话她也不会说。大概你还不知道，黄①的父亲病重，经济不够了，所以她必得回去。大概二十七号起身。

她走了之后，他妈的，再就没有熟人了。虽然和她同住的那位女士倒很好，但她的父亲来了，父女都生病，住到很远的朋友家去了。

假若精神和身体稍微好一点，我总就要工作的，因为除了工作再没有别的事情可做的。可是今天是坏之极，好像中暑似的，疲乏、头痛和不能支持。

不写了，心脏过量地跳，全身的血液在冲击着。

祝好！

吟

八月廿二日夜雨时

你还是买一部唐诗给我寄来。

---

① 黄源（1905～2003），字河清，浙江海盐人，翻译家。

第[7]封 崂山

东京——青岛
（1936年8月27日发，9月3日收到即复）

均：

我和房东的孩子很熟了。那孩子很可爱，黑的、好看的大眼睛，只有五岁的样子，但能教我单字了。

这里的蚊子非常大，几乎使我从来没有见过。

那回在游泳池里，我手上受的那块小伤，到现在还没有好。肿一小块，一触即痛。现在我每日二食，早食一毛钱，晚食两毛或一毛五，中午吃面包或饼干。或者以后我还要吃得好点，不过，我一个人连吃也不想吃，玩也不想玩，花钱也不愿花。你看，这里的任何公园我还没有去过一个，银座①大概是漂亮的地方，我也没有去过，等着吧，将来日语学好了再到处去走走。

你说我快乐地玩吧！但那只有你，我就不行了。我只有工作、睡觉、吃饭，这样是好的，我希望我的工作多一点。但也觉得不好，这并不是正常的生活，有点类似放逐，有点类似隐居。你说不是吗？若把我这种生活换给别人，那不是天国了吗？其实在我也和天国差不多了。

你近来怎么样呢？信很少，海水还是那样蓝么？透明吗？浪大吗？劳山②也倒真好？问得太多了。

可是，六号的信，我接到后即回你，怎么你还没有接到？这文章没有写出，信倒写了这许多。但你，除掉你刚到青岛的一封信，后来十六号的（一）封，再就没有了，今天已经是二十六日。我来在这里一个月零六天了。

现在放下，明天想起什么来再写。

今天同时接到你从劳山回来的两封信，想不到那小照相机还照得这样好，真清楚极了！什么全看得清，就等于我也逛了劳山一样。

说真话，逛劳山没有我同去，你想不

第七信

咱：

我和孚康的孩子很熟了，那孩子很可爱，黑的，好看的大眼睛，只有五爱初抓是用手去撇的。

你的信封上等一个花，我可很喜欢，迟却刊是的样子，但总教我单手去撕的。

这孩子那亲下，笔手使我从来没有见过。

那田去游泳池里，我孚上爱的那块小肉，到现在还没有好，胁一小块，一触即痛。

现在我每日二食，早食一无非，晚食两毛钱一定，我一个人连吃也无趣，玩也无趣，所以也别软活，你看，过得好笑不过，我们去游玩，银座大概是漂亮的地方，我也没有去过。

我的任何公园实在没有去这一个，等等吧，等来日再生等好了再到处去玩么。

你说我伙害的玩吧，我都只有你，我缺为行了，讲么有工作，睡觉吃饭，这样送的了，我希望我的工作多一吴，但也觉得别的，这些不是正常的生活，有实新似不好还，有无邪降尾。你说不是吗？我把我这程名在换给别人，那不是天国了吗？

家友我毛私天国差不多了。

你近来怎样呢？信很少，速孔还是邪除墓么。远明吗？浪太吗？茅山也倒真好，何伴太多了。

可是，六号的信，卓降到经即用悟，怎么你还没有接到，文章没有写到。

到吗?

那大张的单人像,我倒不敢佩服,你看那大眼睛,大得我从来都没有看见过。

两片红叶子已经干干的了,我还记得我初认识你的时候,你也是弄了两张叶子给我,但记不得哪是什么叶子了。

孟[③]有信来,并有两本《作家》来。他这样好改字换句的,也真是个毛病。

"瓶子很大,是朱色,调配起来,也很新鲜!只是……"这"只是"是什么意思呢,我不懂。

花皮球走气,这真是很可笑,你一定又是把它压坏的。

还有可笑的,怎么你也变了主意呢?你是根据什么呢?那么说,我把写作放在第一位始终是对的。

我也没有胖也没有瘦,在洗澡的地方天天过磅。

对了,今天整整是二十七号,一个月零七天了。

西瓜不好那样多吃,一气吃完是不好的,放下一会再吃。

你说我滚回去,你想我了吗?我可不想你

时,信俩唤了,迟许多。但仍,陵掉你俩秋高凉的钱不,你手下了二挥不到就没有了,今天已经是二十六日。那未是立住一个月零六天。

现在接下,明天就可以再见吧,

今天同时接到你从芳山网本的两封信,想不到那小时信硬进些你也抗好,真清楚之极了!好象看得清,就算我我也想了半山一旅。

说真话!起芳山还有我同去,你想不刘吗?

那天你的华人伏,那街多数佩服,你看许大胆时,大得蚌从来却没有看见过。

两院红葇子已经乾了的了,我这记得我初到沈阳信的时候,你也买了两缝叶子给你,但记不得吗是什么了。

盃音信末,童春雨本你来,他迎他好改字拣句的,也善是荫毛病。

"……这瓶是"是什么意思

瓶了饭,是朱色,调配起来,也很新鲜!祇是……

呢,秋香烂。

花笺远草,迷真是强可笑,你一定又是抱地尾嘱的。

还看西笑的,至少你也装了主意呢?那么说,我把写作被在草一行姓绕是对的。

剩也没有时也没有瘦，在沈阳的地方天天过磅。对了，今天碧之差廿七磅，一個月掉七磅了。

西餐不好，即使多吃一点也是不吃。你这种性子你想我了吗？剩可不敢惯你，我不一令再吃。

就没有给你做了一件，男刑把他的地去了，高铺练十号还是十年，还是内十五磅她的，正想回信，不信你去问剩吧！

即使闹走了之后，剩再给你代，就不要写回转了？

剩本打算在二十五磅再有一個短篇产生，但是没转稳，现死还闲着一周，紧的短篇了，给你家十月转。完了就是童话代。剩造样要很来。

三萬字的短篇了，给你家十月转。完了就是童话代。剩造样要很来。

童话去的将来得不好，可以论谈觉得不多意思了。

东西还不闹出来，只会没笔的草字藏句的玩，不会。爱东迟不错，笔草比中国东西。

房东句。

你等着吧！说不定的一個月，实即一天，嫌可真要这里去的，别那等很，剩就现像我回来的。

不写了。

想你，
              明子

              八月廿七晚七时。

苦しみよりも娛乐の优越感を警戒せよ。そこに魂を麻痺さす二七物の欲びがある。(智慧の言葉)

生長の家便箋

东京麹町区富士见町二丁目九ノ五中村方

呢，我要在日本住十年。

我没有给淑奇去信，因为我把她的地址忘了，商铺街十号还是十五号？还是内十五号呢？正想问你，下一信里告诉我吧！

那么周走了之后，我再给你信，就不要写周转了？

我本打算在二十五号之前再有一个短篇产生，但是没能够，现在要开始一个三万字的短篇了，给《作家》十月号。完了就是童话了。我这样童话来、童话去的，将来写不出，可应该觉得不好意思了。

东亚还不开学，只会说几个单字，成句的话，不会。房东还不错，总算比中国房东好。

你等着吧！说不定哪一个月，或哪一天，我可真要滚回去的。到那时候，我就说你让我回来的。

不写了。

祝好。

吟

八月廿七日晚七时

你的信封上带一个小花我可很喜欢，起初我是用手去掀的。

东京趣町区富士见町二丁目九，五中村方

---

①银座，指日本东京中央区的主要商业区。②劳山，应为"崂山"，风景区，位于山东青岛市东部。此篇中不再一一注释。③孟，指孟十还，作家、编辑，1936年主编《作家》月刊。

第 [8] 封 · 欢喜

东京——青岛
（1936年8月30日发，9月6日至，7日复）

均：

　　二十多天感到困难的呼吸，只有昨夜是平静的，所以今天大大的欢喜，打算要写满十页稿纸。

　　别的没有什么可告诉的了。

　　腿肚上被蚊虫咬了个大包。

莹

八月卅日晚

均：

二十支烟感到难的呼吸，只有昨夜是平静的，所以今天大大的收获，

打字更写满十页稿纸。

别的没有什么要你的。

腿肚上补救差一个大包。

荣
八月卅晓。

第八信

《第贰章》 适应没有你的孤独

到了日本后,萧红不懂日语,只能寻求国内好友推荐的朋友照顾。此时,她在那里生活很不方便,多数时候除了创作就是给萧军写信,用萧军的话说就是"她陷在了大寂寞之中了"。然而,萧红还是顽强地坚持着,她报班学日语,即使生病也不怕。

第 [9] 封 · 打雷

东京——青岛
（1936年8月31日发，9月6日到，7日复）

均：

不得了了！已经打破了纪录，今已经超出了十页稿纸。我感到了大欢喜。但，正在我（写）这信，外边是大风雨，电灯已经忽明忽灭了几次。我来了一个奇怪的幻想，是不是会地震呢？三万字已经有了二十六页了。不会震掉吧！这真是幼稚的思想。但，说真话，心上总有点不平静，也许是因为"你"不在旁边？

电灯又灭了一次。外边的雷声好像劈裂着什么似的……我立刻想起了一个新的题材。

从前我对着这雷声，并没有什么感觉，现在不然了，它们都会随时波动着我

第九信

均：

不得了了！已经打破了记录，今也已经超出了十页稿纸。我感到了大欢喜。但，正在我这信，外边是大风雨，电灯已经忽的忽的减了数次。虽我来了一个奇怪的幻想，是不是会地震呢？三万字已经有了二十六页了。不会震塌吧！这真是勃勃的思想。但，说真话，心上总有些不平静。也许是因为你不在旁边？

电灯又减了一次。对边的雷声好像劈裂着什么似的……我立刻想起了一个新的题材。

从前我对着这雷声，无没有什么感觉，现在不然了，它仿佛会这时溯动着我的灵魂。

灵魂太细微的人同时也一定溯小，所以我至今发掘到自己。

我常发觉大的宽宏的……我的爱，已经十关一刻了，不知你那边是不是也有大风雨？

电灯又减了一次。

只得向一声唤安放下笔了。

吟　卅日夜，八月。

的灵魂。

灵魂太细微的人同时也一定渺小，所以我并不崇敬我自己。我崇敬粗大的、宽宏的!……

我的表已经十点一刻了，不知你那里是不是也有大风雨？

电灯又灭了一次。

只得问一声晚安放下笔了。

吟

八月卅一日夜

第[10]封 肚疼

东京——青岛
（1936年9月2日发，9月9日收到即复）

均：

这样剧烈的肚痛，三年前有过，可是今天又来了这么一次，从早十点痛到两点。虽然是四个钟头，全身就发抖了。洛定片①，不好用，吃了四片毫没有用。

稿子到了四十页，现在只得停下，若不然，今天就是五十页。现在也许因为一心一意的缘故，创作得很快，有趣味。

每天我总是十二点或一点钟睡觉，出息得很，小海豹②也不是小海豹了，非常精神，早睡，睡不着反而乱想一些更不好。不用说，早晨起得还是早的。肚子还是痛，我就在这机会上给你写信。或者有凡拉蒙③吃下去会好一点，但，这回没有人给买了。

第十一信

均：

这样剧烈的肚痛，三年前有过一回是今天又来了这么一次，继早十天痛到两天。李先是四川辣椒、辛辣蒜瓣引起，洪声悦、方妇用药了回忆竟废百用。

稿子到了四十页，现在只得停了，看不出，今天起是五十页，说不也许甲乙丙一至四条故，到今得很快，有振等。

更天就坐是十二点到一点钟睡觉，出鸟得很，小海豹也又是小海豹的。那幸精神、早睡、醒来看夜闷乱是一些灵灵，不再说，早甲农还得这是早的。肚子还是痛，谁挂在这机会上作的写作，或者有几粒柴吃下去的会好一点，但，这四没有人伶停了。

这稿既乏长，抄出来一定错字不少。这回停特别加小心。

不多写了。盼你写的你也太多。

祝好。

咚 九月二日

肚子好了 二日五时

經濟的に裕しもの自らにれてある。
朝鏡をかへて見ても心が晴られれば人間は幸福にならない。（實藝の言葉）

止兵の家便箋

这稿既然长，抄起来一定错字不少，这回得特别加小心。

不多写了。我给你写的信也太多。

祝好。

吟

九月二日

肚子好了。

二日五时

---

①治疗膀胱疾病的药物，通称罗定片。②小海豹，萧红的诨名，因为她困倦时爱打呵欠。③凡拉蒙，止痛退烧药，现已淘汰。

第 [11] 封 · 写稿

东京——青岛
（1936年9月4日发，9月9日收到即复）

三郎①：

五十一页②就算完了。自己觉得写得不错，所以很高兴。孟写信来说："可不要和《作家》疏远啊！"这回大概不会说了。

你怎么总也不写信呢？我写五次，你才写一次。

肚痛好了。发烧还是发。

我自己觉得满足，一个半月的工夫写了三万字③。

补习学校还没有开学。这里又热了几天。今天很凉爽。一开学，我就要上学的，生活太单纯，与精神方面不很好。

昨天我出去，看到一个穿中国衣裳的中国女人，在街上喊住了一个汽车，她拿了一

第十一信

三郎：

五十一页就养完了，自己觉得写得不错，所以很高兴。孟弟信未读，可不要和作家疏远哈！这周大概万余。

你是越也不写信呢了。我写五次，你才写一次。

排日已觉得满上，二个半月的工夫写了三万字，错累万样，这没有闲事。这里又挺了几天，今天很凉爽。所以我提起，看到一个卖中国货的中国女人，在街上喊住了一个一闻等。我就要上去，见生活太单纯，写精神方面不很好。

汽车，她拿一个钞票给了车夫，便没理她，街上的人却看着她笑，她也一定知到我似的是个新飞来的鸟。

到现在，我自己没坐任何一样车了，走也只走过神保町。

冰淇淋吃了顶多，因为不愿意吃，西瓜还吃，也不如你吃得多，也差不酸意吃，身截一共有过三次。公园没有去过，一天廿四小时三顿饭，一觉，除此即是死蹲于上罢，便便便，祝好。

吟二，九，四。

手を伸ばし、足を伸ばし、腹を伸ばし、胸を伸ばし、目を伸ばせ。これが生长の道である。（智恵の言歌）

生长の家便笺

个纸条给了车夫,但没拉她。街上的人都看着她笑,她也一定和我似的是个新飞来的鸟。

到现在,我自己没坐过任何一种车子,走也只走过神保町。

冰淇淋吃得顶少,因为不愿意吃。西瓜还吃,也不如你吃得多。也是不愿意吃。影戏一共看过三次。任何公园没有去过。一天廿四小时三顿饭,一觉,除此即是在椅子上坐着。但也快活。

祝好。

吟

九月四日

---

①萧军的笔名。②《家族以外的人》。③后收入萧红的短篇小说集《牛车上》。

第 [12] 封 · 上学

东京——青岛
（1936年9月6日发，9月13日收到即复）

均：

你总是用那样使我有点感动的称呼叫着我。

但我不是迟疑，我不回去的①。既然来了，并且来的时候是打算住到一年，现在还是照着作。学校开学②，我就要上学的。

但身体不大好，将来或者治一治。那天的肚痛，到现在还不大好。你是很健康的了，多么黑！好像个体育棒子③。不然也像匹小马！你健壮我是第一高兴的。

黎的刊物④怎么样？没有人告诉我。

黄来信说《十年》⑤一册也要写稿，说你已答应写了？但那东西是个什么呢？

上海那三个孩子怎么样⑥？

你没有请王关石⑦吃一顿饭？

第十二信

均：

你说这是用那种使我有点感动的孩气的口吻。

但你怎么是迟疑、担不开的，跟从来，亚旦来的时候是打算住到一年，现在还是跟着你，学校留学，到就要上学。

但身体不太好，将来身者说一说，那天的肚痛，我想最近小马，你是很健康吗？爱们里，好像们体重增了。不知也像匹小马，你是弟一角笑的。

紧切刊物为多练？这有继续弄吗？

黄素信说十年一册也要写样，说你已若老吗了？但例素丽是个办公版？

上海好二个孩子怎么样？

你说有请王岗不吃一顿饭？把一点她主岗不，我就想起你村他的妈妈。

虎浮我是要去的，快游亮来！精神上的粮食太缺乏！所以也会有病。

不然！要来见这？还有邮便？

弘多写了！明年见吧！

蒋 九月六日

适译眼睛还可中片起死四本军

继育峰妈

我一想起王关石，我就想起你打他的那块石头！袁泰⑧见过？还有那个张⑨？

唐诗⑩我是要看的，快请寄来！精神上的粮食太缺乏！所以也会有病！

不多写了！明年见吧！

莹

九月六日

---

①萧军劝萧红先回青岛。②中国人在东京开办的补习学校，萧红9月14日入学，每天下午上四小时。③萧军寄给萧红的一张在沙滩秀肌肉的照片。④黎烈文主编的《中流》半月刊。⑤黄源拟编的一本小说选集。⑥三个东北流亡青年。⑦王关石，青年画家。⑧袁泰，萧军在青岛编《晨报》副刊时的投稿者。⑨张，名字不详，跟袁泰同为投稿者。⑩指《唐诗三百首》。

第[13]封·唐诗

东京——青岛
（1936年9月9日发，9月15日收到即复）

三郎：

稿子既已交出，这两天没有事做，所以做了一张小手帕，送给你吧！

《八》①既已五版，但没有印花的。销路总算不错。现在你在写什么？

劳山我也不想去，不过开个玩笑就是了，吓你一跳。我腿细不细的②，你也就不用骂！

临别时，我不让你写信，是指的啰哩啰唆的信。

黄来信，说有书寄来，但等了三天，还不到。《江上》也有，《商市街》也有，还有《译文》③之类。我是渴想着书的，一天二十四小时，既不烧饭，又不谈天，所以一休息下（来）就觉得天长得很。你靠着电柱读的三郎：

廿五号，十三信见

搞子既已交出，这两天没有写做，所以做了一张小手帕，递给你吧！

八款已正收，但没有印戳的，须路很慢未不错，现在你先喝好了。

芳也许也不能来，不还有的吹笑就是了，赌信一张，画脸细子细的，你也不用写！

唱到好，你还做做两信，是换的惯呗喂的信。

黄来信，说看书要去，但等了七天，还不到，也者，再等倒也有这可择之之
趣。我是但想着书的，一天三十四小时，吃到烧饭，又不续天，哪吃一休息下就觉得天晕得很。
但那第宽提演加是什么意呢？普通一點，就可以寄来啊，连不用挂号，长费事，岂足不常
寄的，唐诗也好去了末，读了行好？我就是像一个家严的人，也不至於挑过天五月苦严到现不常
尤其是诗，读一读似唱歌似的，惰感方面也偷来一下，不是，这不知道过的生活一样吗？
写多少我就感觉的，但每一个人要寫他一点也不间新来，但是那，那写，我想是错不到，用功是
读用功的，但也要有一点懷架，不光就做任做上庵了！所以你手做寫，唐诗还是很要寄末。

胃还是坏，程度又好像浮一些，饮食都是那样差，但还不好，後是一天要三痛哉阅。
一个是痛去，我是不用苦末一次，一定要去把日文可以看寫的修候，万面去，这裡書寫
星多像很，後上一年，不用功也是了。黄米信，我你十月底甲上海，那未必不至是了嗎？
当要辅習学校，喽天斜久叱二着一次，但等不後，也搬去奶廣去就倒来不知道
长於台什么洋，过雨天亦看。

              妈的
              九月九日

静に近づく道は一步一步小路を踏むにある。《智恵の冒険》

是什么书呢？普通一类，都可以寄来的，并不用挂号，太费钱，丢是不常丢的。唐诗也快寄来，读读何妨？我就是怎样一个庄严的人，也不至于每天每月庄严到底呀！尤其是诗，读一读就像唱歌似的，情感方面也愉乐一下，不然，这不和白痴过的生活一样吗？写当然我是写的，但一个人若让他一点也不间断下来，总是想和写，我想是办不到。用功是该用功的，但也要有一点娱乐，不然就像住姑子庵④了！所以说来说去，唐诗还是快点寄来。

胃还是坏，程度又好像深了一些，饮食我是非（常）注意，但还不好，总是一天要痛几回。可是回去，我是不回去。来一次不容易，一定要把日文（学到）可以看书的时候，才回去。这里书真是多得很，住上一年，不用功也差不了。黄来信，说你十月底回上海，那么北平不去了吗？

祝好！

莹

九月九日

东亚补习学校，昨天我又跑去看了一次，但看不懂，那招生的广告我到底不知道是招的什么生，过两天再去看。

---

①萧军的《八月的乡村》，"印花"即版税证。②萧红说自己腿细，像小麻雀。③《译文》，黄源编辑的杂志，得到了鲁迅的大力支持。④尼姑庵。

第[14]封 · 画图

东京——青岛
（1936年9月10日发，9月15日收到即复）

三郎：

我也给你画张图①看看，但这是全屋的半面。我的全屋就是六张席子。你的那张图，别的我倒没有什么，只是那两个小西瓜，非常可爱，你怎么也把它们两个画上了呢？假如有我，我就不是把它吃掉了吗？

尽胡说，修炼什么？没有什么好修炼的。一年之后，才可看书。

今天早晨，发了一信，想不到下午就有书来，也有信来。唐诗，读两首也倒觉不出什（么）好，别的夜来读。

如若在日本住上一年，我想一定没有什么长进，死水似的过一年。我也许

第十四封

三毛：

刚也给你画像看了，但这画是全身的半身，我拍全全身就是六张半。

你如的张片，别如新倒多，有什么，只是那两个小西很，那事可爱像是到也是

他们画画上了吗？你必要画，我就有是把它烧了吗？

尽胡说，修炼什么？话李什么的修炼的一年之后，才门高书。

今天早晨，发了一信，想不到下午就看书来，也有信来，唐博，读两首

也倒道不想什么，别的如未读。

答庆日本信上，一年，我想一定没有什么长进，就从做的这一年，我也许

过不到一年，半年你几就不花道词了。

日文讲起来太贵的了，想学俄文，但日语还是要学的。

所上星昨天写句。

今天讲文，学买，买一书，十四号上课，十二书十本教，四个钞以上，又

是换书多，译本就省五六本，全是中国人，那们学校就是给中国人预备的，所以新珂

未一没有？

三个月，连书死一起二十二块心，本来王寻找南换一，但新生铁鸽这一句

现在我有尊论写他们写信，所以不多写。

祝好。

峻九月十日

ーうと朝にひらいた頁登ーとき思い行きーかつたものが世界そとんなに近くてゐることにだろう。（智慧の音楽）

生長の家便箋

过不到一年，或几个月就不在这里了。

日文我是不大喜欢学，想学俄文②，但日语是要学的。

以上是昨天写的。

今天我去交了学费，买了书。十四号上课，十二点四十分起，四个钟头止，多是相当多，课本就有五六本。全是中国人，那个学校就是给中国人预备的。可不知珂来了没有？

三个月，连书在一起二十一二块钱。本来五号就开课了，但我是错过了的。

现在我打算给奇她们写信，所以不多写了。

祝好。

吟

九月十日

---

①萧红给居室画的钢笔素描。②萧军、萧红在哈尔滨曾请一位十九岁的俄国姑娘弗尼娜教俄文。

第 [15] 封 · 刑事

东京——青岛
（1936年9月12日发，9月16日收到，17日复）

均：

今晨刑事①来过，使我上了一点火，喉咙很痛，麻烦得很，因此我不知住到什么时候就要走的。情感方面很不痛快，又非到我的房间不可，说东说西的。早晨我本来没有起来，房东说要谈就在下面谈吧！但不肯，非到我的房间不可，不知以后还来不来。若再来，我就要走。

华同住的朋友，要到市外去住了，从此连一个认识人也没有。我想这也倒不要紧，我好久未创作，但，又因此不安了起来，使我对这个地方的厌倦更加上厌倦。

他妈的，这年头……

我主要的目的是创作，妨害了它是不

第十五信

均：

今晨刚市来过，住到上了一关儿，喉咙很痛，麻烦得很，由肺部知信刻节好就要去的。

伤感方面很不痛快，又那到我的房间里，说东说西的，知他不来了，无再来，才说知要走。

本末没有的来，房东注重读我死下面读地，但不肯，非到我的房间里不可，不知为什么来了，无聊，才说知要走。

每同你作朋友，要到市外去住了，从此连个谈人也没有，我把这也倒不要聚。并，我好人来创作，但又因此了，又一访来，骚烦我对这个地方的厌倦更加上厌倦。

我主要的目的是创作，妨害了就甚不好的。

来未我很高兴，放天敢上街，但今天这种感觉，使我的心情好坏，同一个时期里最有吧。但寄东西来，不什么邦，你要在佳宿在。

你寄来的书，通通读完了。

祝好，深深五八秦。

吟九月十一

呵，

刚才写的信，忘记告诉你了，你信寄等我写你，告诉他不要写地地。

把很幸福加，你新多了，你们作封面也不要写地地。

生起的宋但客

行的。

本来我很高兴，后天就去上课，但今天这种感觉，使我的心情特别坏。忍耐一个时期再看吧！但青岛我不去，不必等我，你要走尽管走。

你寄来的书，通通读完了。

他妈的，混账王八蛋。

祝好。

吟

九月十二日

均：

刚才写的信，忘记告诉你了，你给奇写信，告诉她，不要把信寄给我。你转好了。

你的信封面也不要写地址。

---

① 当时日本的便衣警察对上海来的左翼作家进行监视。"刑事"属日本特高科。

第 [16] 封 · 西药

东京——青岛
（1936年9月14日发，9月21日到）

均：

你的照片像个小偷。你的信也是两封一齐到。（七日九日两封）

你开口就说我混账东西，好，你真不佩服我？十天写了五十七页稿纸。

你既然不再北去，那也很好，一个人本来也没有更多的趣味。牛奶我没有吃，力弗肝也没有买，因为不知道外国名字，又不知道卖西洋药的药房。这里对于西洋货排斥得很，不容易买到。肚子痛打止痛针也是不行，一句话不会说，并且这里的医生要钱很多。我想买一瓶凡拉蒙预备着下次肚痛，但不知到哪里去买。想问问是无人可问的。

第十六封信

均：

你的胜气像个小偷。你的作也是两封一齐到。（七日九日两封）

你寄力秋沒找到好東西，奴，信实另佩娜利？十五哥了五十七支稿纸。

你说此又再北去，那也很好。做人事也该灵活，更多的换来，中期動身可行，方為跨也没有空。

另贾利，肚子痛头也庙针也是不行。一句话了舍没，差且运理的运吏药水很多，我想买一瓶。

因为不知道外國名字，又久私送贾西洋薬的薬房，这裡对於西洋货排斥得很，买不空。

凡我家准备来下次此信，但又不到那么窗了，现用又是没有人「力」的。

秋天的衣裳，受有空，我晴是冷该要你像一件皮叶衣的倒商店，你说叫曾判买後你拍己。那见左右，

光旦一些，寄碎的牧入，不要再開給的。但，停住了，腰冠也了欲不1

心情又問你了。又也连两天就要開始辅的。但，停住了，腰冠也了欲不1

也想未想了。他妈的，再末麻烦，即可就了爱了

北诸斟能均文章，黄也一亚支唔黎什，说一声对了信

祝如，

闲手信到，信改一连革将下来好野。

烨子 四月十四日

生长の家便箋

何ものへ自分を頼るしのはない。自分の心のみ自分をしにる。（晋題の詳実）

不必加至考。

秋天的衣裳，没有买，这里的天气还一点用不着。

我临走时说要给你买一件皮外套的，回上海后，你就要替我买给你自己。四十元左右。我的一些零碎的收入，不要（把）它们寄来，直接你去取好了。

心情又闹坏了，不然这两天就要开始新的。但，停住了。睡觉也不好起来，想来想去。他妈的，再来麻烦，我可就不受了。

我给萧乾①的文章，黄也一并交给黎了，你将来见到萧时，说一声对不住。

祝好。

荣子

九月十四日

关于信封，你就一连串写下来好了，不必加点号。

---

①萧乾（1910～1999），蒙古族，作家，翻译家，记者。当时编辑上海《大公报》的文艺版。

第 [17] 封 · 写信

东京——青岛
（1936年9月17日发，9月21日到）

均：

近来我的身体很不健康。我想你也晓得，说不定哪天就要回去的，所以暂且不要有来信。

房东既不会讲话，丢掉了不大好。我是时时给你写信的。我还很爱这里，假若可能我还要住到一年。

你若来信，报报平安也未尝不可。

小鹅①

九月十七日

---

①萧红的昵称。形容萧红遇到高兴或惊愕的事情时两手就左右伸开，很像企鹅。

第十七信

均：

近来我的身体很不健康，我想你也晓得，很不舒服那天我要回去的，所以暂且不要有来信。

一、房东玩了会电话，差掉了不大好，我是怕他给你吗信。

我还很爱这猫，挺差可能就还要住到一年。

你来信，都要平安也来曹了可。

小鵝

九月十七日

ひとに對して晴れやかに笑へ、晴れやかな笑ひは自他の榮養劑である。（實踐の言葉）

生長の家便箋

第 [18] 封 · 房东

东京——青岛
（1936年9月19日发，9月26日到）

均：

前一封信，我怕你不懂，健康二字非作本意来解。

学校我每天去上课，现在我一面喝牛奶一面写信给你。你十三和十四日发来的信，一齐接到，这次的信非常快，只要四五天。

我的房东很好，她还常常送我一些礼物，比方糖、花生、饼干、苹果、葡萄之类，还有一盆花，就摆在窗台上。我给你的书签，谢也不谢，真可恶！以后什么也不给你。

我告诉你，我的期限是一个月，童话终了为止，也就是十月十五前。

均：

第十八信

前一封信，我怕你不懂，健康二字非作本意来解。

学校说每天去上课，现在我一而唱牛奶，而吗你给你，你十三就

十四日发来的信，一所接到，这项的信非常快，只要四五天。

我叫方东锟好，她还常々送些一些礼物，比方糖，花生，饼乾，苹果，

葡萄之类，还有盆花，就摆在窗台上。

我给你的书籍，谢也不谢真

可恶！以後什么也不给你。

我告诉你，我的期限是一個月，童话终了为止，也就是十月十五前

束你尽管写些来寄话。医生并是不能写看的，你寄来问斟家知道

这边的情形了。上海苓，百利扬等来，现在我巳绝不再要了。这一個月，什么

事也不管，只要努力童话。小飞蛾我也投到箱子神去。

小鹅 九月十九。

祝好。

生長の家便箋

自分に深切であれ！——これを本當に實行してねる人は少い。（智慧の言葉）

来信尽管写些家常话。医生我是不能去看的,你将来问华就知道这边的情形了。

上海常常有刊物寄来,现在我已经不再要了。这一个月,什么事也不管,只要努力童话。

小花叶[①]我把它放到箱子里去。

祝好。

小鹅

九月十九日

[①]萧军从崂山采来的小花叶,函寄给萧红。

第 [19] 封 · 下雨

东京——青岛
（1936年9月21日发，因邮票被剪去了，邮到日期无法知道了。）

均：

昨天和今天都是下雨，我上课回来是遇着毛毛雨，所以淋得不很湿。现在我有雨鞋了，但，是男人的样子，所以走在街上有许多人笑。这个地方就是如此守旧的地方，假若衣裳你不和她们穿得同样，谁都要笑你。日本女人穿西装，啰哩啰唆，但你也必得和她一样啰唆，假若整齐一些，或是她们没有见过的，人们就要笑。

上课的时间真是够多的，整个下半天就为着日语消费了去。今天上到第三堂的时候，我的胃就很痛，勉强支持过来了。

这几天很凉了，我买了一件小毛衣（二元五）。将来再冷，我就把大毛衣穿上。我想我的

均：

昨天和今天都是下雨，我上课回来是遇着毛毛雨，所以淋得不很湿。现在我有雨鞋了，但是男人的鞋子，所以走在街上有许多人笑，这们地方就是如此半旧的地方，徼我象傻子和他们穿得同样，雖都要笑我，日本女人穿西装，曜里曜索，但你也必得想她一称雕噴，徼素聲哼一些，我是她们没有见过的。人们就要笑！

今天上剖第三堂的時候，我的胃就很痛，勉強持过来，這幾天很冷了，我買了一件小毛衣（二元五）將來再冷，我就把大毛衣穿上。
上课的时间真是够多的，整個砷下午天就為着日记情費了去。

我想專門放假裏一定可以支持到下月半。
但我嫂早給信自己的外套，回去就去该買。

我很愛祖，這裡的社，排掌說靜，無論我要醒幾頃。立刻又昏了呼睡去，特別安靜又特別舒适。早晨也是如此，陽光遠晒到我被窝上，诚就觉起来了。想吃什么，或是吃些什么。這三兩天之内，我的心又安定下来了。該来信，該什么命，嘱咐一下不行平。

劉真作来，說到四方兆！就這任有什么意思呢。

すべての心の動きはその人の顔に印象される。（實體の言葉）

生長の家便笺

衣裳一定可以支持到下月半。

你替我买给你自己的外套，回去就应该买。

我很爱夜，这里的夜，非常沉静，每夜我要醒几次的。每醒来总是立刻又昏昏地睡去，特别安静，又特别舒适。早晨也是好的，阳光还没晒到我的窗上，我就起来了，想想什么，或是吃点什么。这三两天之内，我的心又安然下来了。什么人什么命，吓了一下，不在乎。

孟有信来，说我回去吧！在这住有什么意思呢？

现在我一个人搭了几次高架电车，很快，并且还钻洞，我觉得很好玩，不是说好玩，而说有意思。因为你说过，女人这个也好玩那个也好玩。上回把我丢了，因为不到站我就下来了，走出了车站看看不对，那么往哪里走呢？我自己也不知道，瞎走吧，反正我记住了我的住址。可笑的是华在的时候，告诉我空中飞着的大气球是什么商店的广告，那商店就离学校不远，我一看到那大球，就奔着去了。于是总算没有丢。

现在到(?)一个人搭了头等高等电车,很快,差且还搜(?)洞,不是说好玩,而说有意思。因为你说:"上回把戏耍了,固然不到就判下来了,走出了半讲者不对,即使往那里走呢?讲自己也不知道,睡走吧,反正我把信还给我的信比可笑的是莘庄的时候,告诉他空中挂着的大气球是什么商店的广告,所商店就翻字坊在远,我看到郊外天球,就奇事去了。"於是总算没有去。

你写到此地,季到来了。翻看看了半天,把加随笔二小篇看了半天,其中很有情感,别无所取。

如生事作来,好告诉他也不要来作了,别人也告诉不要来作了。这是你在老家回我给你的末一封信。再停就是上海了。船上买一类儿葛萨者,但不要吃鸡子,即东西不消化。饼干是可以带的。

祝好。

小鹅
九月二十一日

信写到此地,季刊来了。翻着看了半天,把那随笔二篇看了半天,其中很有情感,别无所取。

虹[1]没有信来,你告诉他也不要来信了,别人也告诉不要来信了。

这是你在青岛我给你的末一封信。再写信就是上海了。船上买一点水果带着,但不要吃鸡子,那东西不消化。饼干是可以带的。

祝好。

小鹅

九月二十一日

---

[1] 即罗烽(1909～1991),原名傅天琦,籍贯沈阳,作家。

第 [20] 封 · 过节

东京——青岛
（1936年9月23日发，9月××日到）

均：

昨天下午接到你两封信。看了好几遍，本来前一信我说不再往青岛去信了，可是又不能不写了。既接到信，也总是想回的，不管有事没有事。

今天放假，日本的什么节①。

《第三代》②居然间上一部快完了，真是能耐不小！大概我写信时就已经完了。

小东西，你还认得那是你裤子上剩下来的绸子？

坏得很，跟外国孩子去骂嘴！

水果我还是不常吃，因为不喜欢。

因为下雨所以你想我了，我也有些想你呢！这里也是两二天没有晴天。

不写了。

莹

九月廿三

---

①日本的旧祭日"秋季皇灵祭"。②《第三代》，萧军的长篇小说，后改名为《过去的年代》。

第二十信 — 日本 — 青冈 —

均：

昨天下午接到你两封信，看了好几遍，本来前一个刑说今天把信寄出的，可是又给耽搁了。既挂到信，也说是挂电的，不管它寄到哪里去。

今天投稿，日本的什么节。

笔上代序如同上一封一样完了，真是耐不小！大概等吗你的一封信完了。

小东西，你这必得卯是你搦上剩下来的调子？城得很，骓然因接子弟写吧！

小莱我还是不常吃，因功不善吃。

因为天雨新以你想讲了，我总觉此三想你呢！这经也是两三天没百睛天.

了罢了.

莹
九月廿三日

（省略の個所）

その日その日が如実生活であるかを自記し度かすことも実教生活である。働くことが家教生活であり、愛することが家教生活である。問題を生かすことが家教生活である。

住民の家庭書

《第叁章》 「寂寞的黄金时代」

"自由和舒适,平静和安闲,经济一点也不压迫,这真是黄金时代,但又是多么寂寞的黄金时代呀!别人的黄金时代是舒展着翅膀过的,而我的黄金时代,是在笼子过的。"

萧红认为自己的黄金时代到了,她在这期间不仅灵感爆棚,而且开始自我调整,重新思考他们这段感情。

第 [21] 封 · 念叨

东京——上海
（1936年10月13日发，10月18日至）

均：

我不回去了，来回乱跑，啰啰唆唆，想来想去，还是住下去吧！若真不得已那是没有法子。不过现在很平安。

近一个月来，又是空过的，日子过得不算舒服。

奇[①]他们很好？小奇赶上小明那样可爱不？一晃三年不见他们了。奇一定是关于我问来问去吧？你没问俄文先生怎么样？他们今后打算住在什么地（方）呢？他们的经济情形如何？

天冷了，秋雨整天地下了，钱也快完了。请寄来一些吧！还有三十多元在手中，等钱到我才去买外套。月底我想一定

第三十一封

均：

我不用去了，来回乱跑，啰里嗦嗦，想来想去，还是信下去吧。若真可得已那是没有法子，不过现在很平安。

近一个月来，又是空过的，日子过得不舒服。

寄地们很好吧，小专建上小明和林可爱否？一晃三年不见他们了，他们今年一定是圆胖胖的向壳些，你没问俄文先生是什么样的。他们今后打算住在什么地方？他们的经济情形如何？

天冷了，秋雨落下了，铺也快完了，语堂来一趟吧！还有三弟也在平中。等给到我才去买衣查。月底我想一定会到剂的。

你的精神为了旅行很坏吧？好好写作修息，老们不要说他害去。

剂很好。在电影正制着新了北四川路，到七路又搬到了施高塔路，又搬到了施高塔路，刚想到了病不可是又搬，我现好的人了。

一刻我心是忐下不安的。

祝好。

                           吟
                    十月十三日

会到的。

你的精神为了旅行很快活吧?

我已写信给孟,若你不在就请他寄来。

我很好。在电影上我看到了北四川路,我也看到了施高塔路,(那)一刻我的心是忐忑不安的。我想到了病老而且又在奔波里的人②了。

祝好。

吟

十月十三日

①"奇",萧军萧红哈尔滨时期的朋友,"小奇"是她的女儿。②指鲁迅。

第[22]封 日落

东京——上海
（1936年10月17日发，10月××日到）

河清①兄：

老三②还没有回来？

我不回去了，我就在这里住下去了。

每日花费在日语上要六七个钟头，这样读下来简直不得了，一年以后真是可以，但我并不用功，若用起功来，时间差不多就没有了。可是《十年》的文章并没因此而写出。

华姐③忙得不得了吧？

《译文》还要请您寄给我，多谢。

祝好。

吟

十月十七日

①指黄源。此信虽为萧红写给黄源的，但萧红在信中询问萧军近况，从侧面反映了他对萧军的爱。后来萧军在整理萧红和他的通信时，将此信收入其中，并亲笔标注"第二十二信"，故将其收入在内。②指萧军。③指许粤华，当时是黄源之妻。

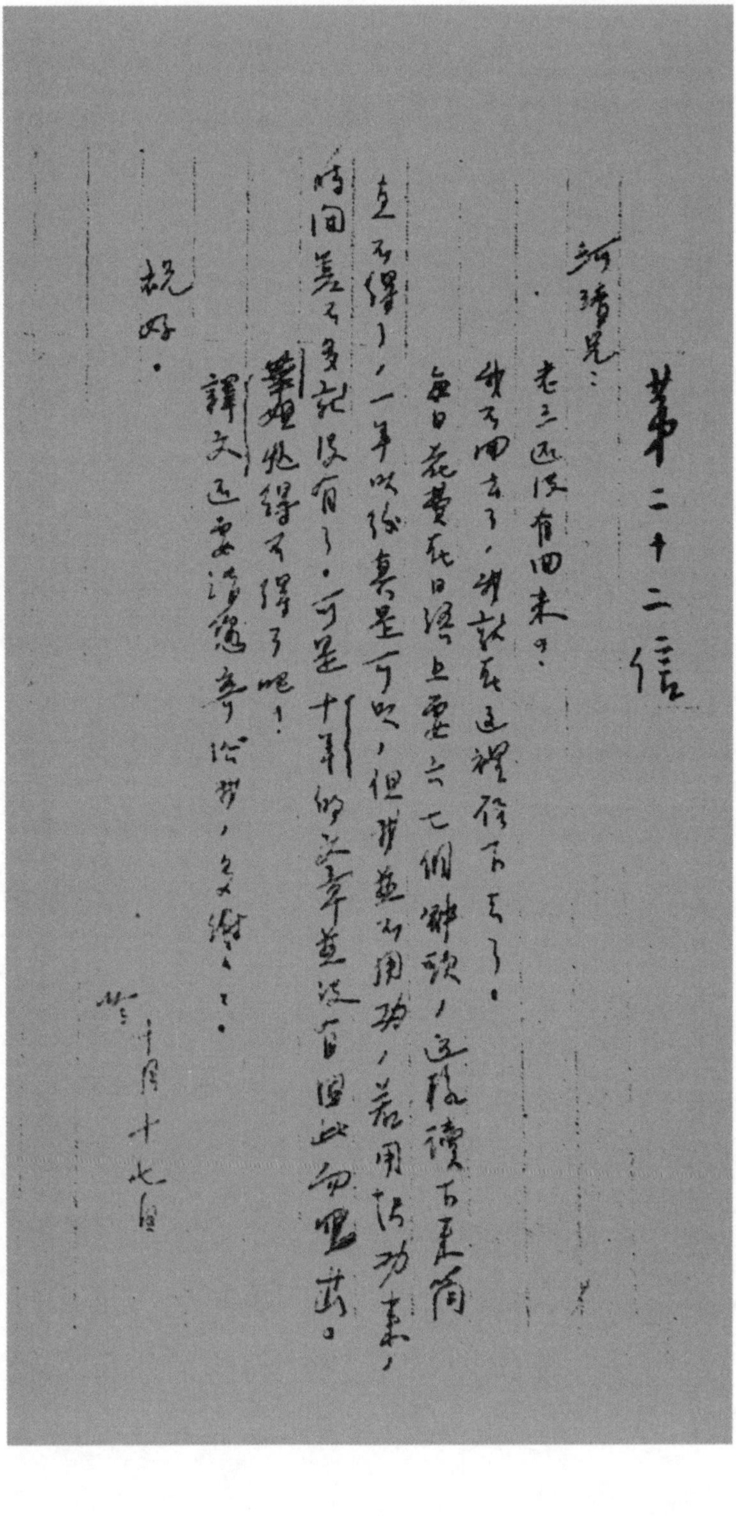

第叁章 · "寂寞的黄金时代"

第二十二信

聪儿：

老三还没有回来。

弟妇四方了，消息来这里得不到。

每日花费在日内至少六七个钟头，还陆续下五里筒左右得了，一年以后真是可以，但我热心用功，若用功下来，时间差不多就没有了。可是小彭的文章至没回国此何能等？

翻译处得可以吗！

译文还要涂涂抹抹，又又涂。

祝好。

爸 十月十七日

第 [23] 封 · 要钱

东京——上海
（1936年10月20日发，11月5日复）

均：

　　我这里很平安，绝对不回去了。胃痛已好了大半，头痛的次数也减少。至于意外，我想是不会有的了。因为我的生活非常简单，每天的出入是有次数的，大概被"跟"了些日子，后来也就不跟了。本来在来这里之前也就想到了这层，现在依然是照着初来的意思，住到明年。

　　现在我的钱用到不够二十元了，觉得没有浪费，但用得也不算少数。希望月底把钱寄来，在国外没有归国的路费在手里是觉得没有把握的，而且没有熟人。

　　今天少上了一课，一进门，就在席子上面躺着一封信。起初我以为是珂[①]来的，

第叁章·"寂寞的黄金时代" | 81

第二十三信 — 月末 — 上海 —

均:

　　新适裡很平安,决好了思子,骨痛方了大半,教脔的次数也感少。至於喜妹,我想是另写信好了。由为我四月份流浪考试初单,每天的早些是有次数的,大概旅服吸有完了。本来死未到眠之前也都望到处麻,现在依旧是修炼叫明年。

　　现在我的钱用到现在还有二十元了,觉得还着浪费,但用得也太少了。希望阿氰能把嘉未,在国外没有归国的旅费是手槎是沒书得很有把握的,和巨没有熟人。

　　今天上午买了一套洋装(連衣上衣、毛呢的),这是了草鞋、五元。我的房同款持得挑幸整齐,好像等等富客人的,到未一样。羊樽摆放美苦微沙發,闻奏的桌有一桶红毛的雨。雨瓶下雨紗书一时金疏兔,大概是一桶地方住得久了,真、也福是闻如此,因的我感觉到射身仔情好像闹好要寶到一些,在罪月林的寳装美,第子房间程速拌放一張水画像。

　　座異の家便箋
　　すべてを隠へん。襟咲の栗で雨ぷらせ。(智盬の百葉)

因为你的字真是有点像珂。此句我懂了。（但你的文法，我是不大明白的"同来者有之明，奇现在天津，暂时不来。"我照原句抄下的。你看看吧。）（以上括弧内句子写上又抹掉了，在上面加上一句"此句我懂了"。大概起始没有看懂，后来又懂了，所以抹了。——萧军注）

六元钱买了一套洋装（裙与上衣），毛线的。还买了草褥，五元。我的房间收拾得非常整齐，好像等待着客人的到来一样。草褥折起来当作沙发，还有一个小圆桌，桌上还站着一瓶红色的酒。酒瓶下面站着一对金酒杯。大概在一个地方住得久了一点，也总是开心些的，因为我感觉到我的心情好像开始要管到一些在我身外的装点。虽然房间里边挂起一张小画片来，不算什么，是平常的，但，那需要多么大的热情来做这一点小事呢？非亲身感到的是不知道。我刚来的时候，就是前半个月吧，我也没有这样的要求。

日语教得非常多，大概要想通通记得住非整天的工夫不可，我是不肯，而且我的时（间）也不够用。总是好坐下来想想。

报上说是L.来这里了？

我去洗澡去，不写了。

明，我在这里和你握手了。

吟

十月廿日

---

① 指萧红弟弟张秀珂。

第叁章 · "寂寞的黄金时代"

来，不着急，是平常的，但，却须要多么大的挫情来做这一共小事呢？非积月感到的是了解透。我刚来的时候，就是前半个月吧，我也没有这样感觉。

日语教得非常多，大概要想通、记得非常熟头的工夫太多，而且外的时也不够用。但是好些下来挺松了。

报上说是L.来这里了？

我告诉潘去，不写了。

啊。我在这里挺好。握手了。

岑。十月廿日

第 [24] 封 · 挂念

东京——上海
（1936年10月21日发，10月26日到）

均：

昨天发的信，但现在一空下来就又想写点了。你们找的房子在哪里？多么大？好不好？这些问题虽然现在是和我无关了，但总禁不住要想。真是不巧，若不然我们和明他们在一起住上几个日子。

明，他也可以给我写点关于他新生活的愿望吗？因为我什么也不知道。小奇什么样？好教人喜欢的孩子吗？均，你是什么都看到了，我是什么也没看到。

均，你看我什么时候总好欠个小账。昨天在夜市的一个小摊子上欠了六分钱，写完了这一页纸就要去还的。

前些日子我还买了一本画册打算送给L.[①]。

第二十四信 —日本—上海—

均：

昨天发的信，但现在坐下来就又想写几句。你们我的房子死了没？多么大？好不好？这些此之问题算都无问了，但经拜齐了信害想。但真是无法，着了死我们知明他们在远儿上坡何日子。

明，他也可以我与美国的新生活的欲望吗？因为好什么他也不知道。小孩生好媳教人喜欢的孩子吗？均，都是什么都看到了？或是什么也没看到。

响，你有好多时候很好欠你们的账，昨天又在城市的一个小摊子上欠了六个钱，写气了这页纸却卖不到。

前些日子我还买了一本画册打算送给冷，但现在这画册只得留着自己来看了。我是那些零零碎碎的，若不给我想着你们，但你也一定不会喜欢，所以这么硬就行省。

下了三天连续地有断的小雨，今天晴了，心情也新鲜了一些。

小沙发对于我简直是一个魅惑人，在我的生活上简直是一件重大的事情，她使我减少了不少的孤独感。还要至死将鱼在陪着我。

寻我的後雨来呢？

祝好。

於了十月廿三日

世話したい人には素直に世話して貰って感謝し、世話されて餘裕のある人は、また助けを呼んでゐるものを世話してあげよ。これが愛の循環でおり報恩の道である。（智慧の宮殿）

生経の家便箋

但现在这画只得留着自己来看了。我是非常爱这画册，若不然我想寄给你，但你也一定不怎么喜欢，所以这念头就打消了。

下了三天昼夜没有断的小雨，今天晴了，心情也新鲜了一些。

小沙发对于我简直是一个客人，在我的生活上简直是一件重大的事情。它给我减去了不少的孤独之感，总是坐在墙角在陪着我。

奇什么时候南来呢？

祝好。

吟

十月廿一日

---

① L. 指鲁迅。

第 [25] 封 · 钱到

东京——上海
（1936年10月29日发，11月3日到，4日复）

均：

挂号信收到。四十一元二角五的汇票，明天去领。二十号给你一信，二十四又一信，大概也都收到了吧？

你的房子虽然贵一点，但也不要紧，过过冬再说吧。外国人家的房子，大半不坏，冬天装起火炉来，暖烘烘地住上三两月再说。房钱虽贵，我主张你是不必再搬的，一个人，还不比两个人，若冷冷清清地过着冬夜，那赶上上冰山一样了。

也许你不然，我就不行，我总是这么没出息，虽然是三个月不见了，但没出息还是没出息，不过回去我是不回去的。奇来了时，你和明他们在一道也很热闹了。

第二十五信 日本—上海

均：

挂号信收到，四十一元二角五的汇票，明天去领。二十六号给一信，二十四又一信，大概也都收到了吧？

你的房子等发贵一来，但也不要留下，过这冬再说吧，外国人家的房子，大半不坏，冬天装款火炉来，暖烘烘的住上三两月再说。房子贵，我主张你是不必再搬的，一个人，卷卷铺盖的的也很费，那赶上冰山一样了。他许你不必，我说还过着冬的，你一个月不见了，但没出息还是没出息。

还这么没出息，等死我是三个月不见了，但没出息还是没出息。

不过回去我是不甲去的，奇来了时，你和他们在一起也很热闹。

必到手就要没有的，要去买件袄外套，这笔天又很冷了。余下的必，我想在十一月一个整月就要不够。既住下去，必少给害怕，那只怕生病，怕打仗，在这现是绝对孤独的，一百元是绝不够用的，请你下一封信甲到，信要有萧给当左手程才放心。

这几天，火上停不成喝了长又全烧破了。其实一个人的死是什么的，但知道的这西现是道现，情感上我说不行，我们刚来到上海的时候，多外不认谢更多的一个人了，花冷清清的亭子间袒读着他的信，

生命の宅便笺

话が生活は心の生活である。（智慧の日菜）

钱到手就要没有的，要去买件夹外套，这几天就很冷了。余下的钱，我想在十一月一个整月就要不够。既住下去，钱少总害怕，而且怕生病，怕打仗。在这里是绝对孤独的。一百元不知能弄到不能？请你下一封信回我。总要有路费留在手里才放心。

这几天，火上得不小，嘴唇又全烧破了。其实一个人的死[①]是必然的，但知道那道理是道理，情感上就总不行。我们刚来到上海的时候，另外不认识更多的一个人了。在冷清清的亭子间里读着他的信，只有他，安慰着两个漂泊的灵魂……写到此地鼻子就酸了。

均：童话未能开始，我也不再作那计划了，太难，我的民间生活不够用的。现在开始一个两万字的，大约下月五号完毕。之后，就要来一个十万字的了，在十二月以内可以使你读到原稿。

日语懂了一些了。

日本乐器，"筝"在我的邻居家里响着。不敢说是思乡，也不敢说是思什么，但就总想哭。

什么也不再写下去了。

河清，我向你问好。

吟

十月廿九日

[①] 萧红在日本听到了鲁迅去世的噩耗。

> 默念默祷は神の前には大いなる音楽である。心でねがふことは既に祈りである。（智慧の音楽）
>
> 生長の家便箋

經已看他、安慰著兩個飄泊的靈魂……聞到此地鼻子就酸了。
內：童話未給寫好，我也不願照計畫了。太難，我的民間生活不夠用的。現我寫好一個兩萬字的，大約五六天完畢。之後，就要未[兩]十万字的了，在十二月以內可以交讀到原稿。

回信慢了一點。

日本畫家，"筆"就我的擺居客都向着。又釵從是思卿，也不懿渋是思什么，但很想哭。

什么也不要寫下去。

珂信：我們很好。

吟 十月十九日

第 [26] 封 · 演讲

东京——上海
（1936年11月2日发）

三郎：

廿四日的信，早接到了，汇票今天才来。

于（郁）达夫[①]的讲演今天听过了，会场不大，差一点没把门挤掉下来。我虽然是买了票的，但也和没有买票的一样，没有得到位置，是被压在了门口。还好，看人还不讨厌。

近来水果吃得很多，因为大便不通的缘故，每次大便必要流血。

东亚学校，十二月二十三日第一期终了，第二期我打算到一个私人教授的地方去读，一方面是读读小说，一方面可以少费些时间。这两个月什么也没有

——第二十六信 日本—上海——

三郎：

廿四日的信，早接到了。漏掉今天来的一封你的讲演今天听过了，会场不大，是于达夫的讲演，今天听过了。

一样是起门撑掉下来，就跟从前一样，没有得到什么，坐在。

也和以前买票的一样，没有得到回信望。

了！也，还好，看人还不讨厌。

近来收到些吃得很多，因为大便不了。

每次大便也需要。

东亚学校，十二月二十三日第一期满了，

第二期到开始到一个私人教授的地方去教，一写，大概也许太忙了的缘故。

寄来那张译的原稿也读过了，很不错，文章刚发表就有人注意到了。

这里的天气还不算冷，房间里生了火盆，它就像一个伙伴似的陪着我。花，不买了，酒也不想喝，对于一切都不大有趣味。夜里看着窗棂和空空的四壁，对于一个年青的有热情的人，这是绝大的残酷，但对于我还好，人到了中年总是能熬住一点火焰的。

珂要来就来吧！可能照理他的地方，照理他一点，不能的地方就让他自己找路去走。至于"被迫"，我也想不出来是被什么所迫。

奇她们已经安定下来了吧？两三年的工夫，就都兵荒马乱起来了，牵牛房②的那些朋友们，都东流西散了。

许女士③也是命苦的人，小时候就死去了父母，她读书的时候，也是勉强挣扎着读的。她为人家做过家庭教师，还在课余替人家抄写过什么纸张。她被传染了猩红热的时候是在朋友的父亲家里养好的。这可见她过去的孤零，可是现在又孤零多面是读人小说,小平犹虑可以少些望将向,这两个月什么也投入有思也许太忙了的缘故。章刚挣扎着哈哈淫的,房间也遗过了,但不算错,文章刚搁着叶,还有人达意到了。地封信一个天气还不算冷,房间里生了火炉,也不想嗝,对于一切都不大有透味,很好看的,宽松和空乞的四壁,对于一个年青的有热情的人,这是饱大的残酷,但对就还好,人到了中年总是好静佳一点火焰的。

巧要妻就来吧！可转眼他的地方，哪里他一哭，就也想不起他地方就让自己我跑去走？至于被追，就也想不起武是被什么所追。寻她们已经安定下来了？拿半蚕的那些朋友俩、就却五小寨写乱发来了，那床院西瓢了。訴姆女，也是争告的人，小时候说就去了又。册，她读书的时候，也是动弹静扎着读的，她，老人家做过家庭教师，送在课館替人家抄写过，什么纸張，她的妹儿染，腿红热的时候娜是在朋友好又親家裡養的好的，這一會兒她又去約那孤寡可是現在又孤零了。孩子還小，還不能獨立謀生。既然你捏很近，你可曾替她想沒跑兩趟，別的朋友也可約同她們常到她家去玩，上沒有要成個事業，我們是撐要下來了，但他的愛人留給誰呢？

不用了，就好。

螢火
青春

了。孩子还小，还不能懂得母亲。既然住得很近，你可替我多跑两趟。别的朋友也可约同他们常到她家去玩，L．没完成的事业，我们是接受下来了，但他的爱人，留给谁了呢？

不写了，祝好。

荣子

十一月二日

---

①郁达夫（1896～1945），浙江富阳人，著名作家。②萧红萧军在哈尔滨时常去友人冯咏秋家聚谈。冯咏秋家的院子里种了很多牵牛花。③鲁迅夫人许广平（1898～1968），广东番禺人，作家，社会活动家。

第 [27] 封 · 评论

东京——上海
（1936年11月6日发，11月12日复）

均：

《第三代》写得不错，虽然没有读到多少。

《为了爱的缘故》①也读过了，你真是还记得很清楚，我把那些小节都模糊了去。

不知为什么，又来了四十元的汇票，是从邮局寄来的，也许你怕上次的没有接到？

我每天还是四点的功课。自己以为日语懂了一些，但找一本书一读还是什么也不知道。还不行，大概再有两月许是将就着可以读了吧？但愿自己是这样。

奇来了没有？

你的房子还是不要搬，我的意思是如此。

在那《爱……》的文章里面，芹简直和幽灵差不多了，读了使自己感到了战栗，因为自己

第叁章·"寂寞的黄金时代" | 99

第二十七信—日本—上海—

均：

第三代写得没有错，寄去没有百读到多少？

"为一粟的缘故"也读过了，你真是还记得很清楚，我把邮此"小节却模糊了去。

不知为什么，又来了四十元的汇票，是从邮局寄来的，也许你始上次的没有搞到？

世霖今年还是四年的功课，自己以为日语懂了一些，但我本书一读还是什么也不知道，还不行，大概再有两月许是将就书可以读了吧？但颇自己是这样。

奇来了没有？

你的房子，还是不要搬，我的意思是如此。

在那里读心的文章稍观，好简直知如灵魂是不多了，读了便自己感到了颤憟。因为自己也不认识自己。我想我们的呐喊之类，也都是因为卯挺的根源——就是为一个人的呼声，还是为多数人打算。从此我们可以不顾及的根源弄得了。你有什么自由？

祝好。

吟，十一月六日

手头那还没有面亭出，因为我要给汀渚寄一付。

[生捏の家便笺]

神は常に働き給ふ。（智慧の言葉）

也不认识自己了。我想我们吵嘴之类,也都是因为了那样的根源——就是为一个人的打算,还是为多数人打算。从此我可就不愿再那样妨害你了。你有你的自由了。②

祝好。

吟

十一月六日

手套我还没有寄出,因为我还要给河清买一副。

---

①萧军的短篇小说。②萧军说,萧红1938年跟萧军分手,其历史渊源早在他们相结合时即已存在。

第 [28] 封 · 悼文

东京——上海
（1936年11月9日发，11月17日复）

均：

昨夜接到一信，今晨接到一信。

关于回忆L.①一类的文章，一时写不出。不是文章难作，倒是情绪方面难以处理。本来是活人，强要说他死了！一这么想，就非常难过。

许，她还关心别人？她自己就够使人关心的了。

"刊物"是怎样的性质呢？和《中流》差不多？为什么老胡②就连文章也不常见了呢？现在寄出手套两副，河清一副，你一副。

短篇没有写完。完时即寄出。

祝好。

荣子③
十一月九日

---

①回忆鲁迅的文章。②胡风（1902~1985），原名张光人，湖北蕲春人，文艺理论家。③萧红乳名荣华。

第二十八信／日本／上海

均：

昨花接到一信，今晨接到一信。

关于回忆L一类的文章，一时写不出，不是文章难作，倒是情绪方面难以应附。本来是信人，还要说她能，一迟疑，就难掉笔了。

许，她还关心别人？她自己就很使人关心的了。

"利物"是鸟样的性质呢？私以为着乎是的，为什么老胡就不刊物，是有外别的？讨信一封，你一付。

连文章也不常见一眼？现在寿专专着两付，寄。寄到即寿到。

祝好。

荣子
十一月九日

愛することそのことが神の道だから愛するのだ。愛することそのことが幸福だから愛するのだ。（智慧の言葉）

生長の家便箋

第 [29] 封 · 墙面

东京——上海
（1936年11月19日发，11月××日到）

均：

因为夜里发烧，一个月来，就是嘴唇，这一块那一块的破着，精神也烦躁得很，所以一直把工作停了下来。想了些无用的和辽远的想头。文章一时寄不去。

买了三张画，东墙上一张、南墙上一张、北墙上一张。一张是一男一女在长廊上相会，廊口处站着一个弹琴的女人。还有一张是关于战争的：在一个破屋子里把花瓶打碎了，因为喝了酒，军人穿着绿裤了就跳舞。我最喜欢的是第三张，一个小孩睡在檐下了，在椅子上，靠着软枕。旁边来了的，大概是她的母亲，在栅栏外肩着大镰刀的大概是她的父亲。那檐下方块石头的廊道，那远处微红的晚天，那茅草

第三亮信－日本上海－

均：

因为祖母发烧了一個月末，就是咽喉，这一块那一块的破着，精神也颇疲惫得很，所以一直死工作停了下来。想了些无用的和遥远的念头，这文章二时写不去。

男了三张画，东墙上一张，西墙上一张地墙上一张，一张是一男一女在长廊上演相会，廊上放着一個，琴琴的女人，还有一张是闹于戴䗉的，在一個破舍子里把花瓶打辞，旦角唱了两，单人穿着，弟吕茗萧爵，弟吕喜爱的是第三张，一個小孩睡死椅下了，在椅子上，靠着鞠躬，旁边是另一個，大概是她的父亲。那椅下方块石块的廊道，大概是她的父亲，棚栏外肩着大鐮刀的大概是她的父亲。那远处徽红的晓天，那无亭子的屋顶，好远处徽红的晓天，擦下阑寻的檐窗，那换小舟之的重着丽雪小腿，东是好，那陽屋没，因为看別，所以我梗要敦，看別了到夏已似的，我和你時候就是那称，挖主择手，這是雪要费一些心思的，但也不必太费，反正自己最电影的是工作，實体吞题，也是工作，聚会怪工作一方更的，有们闲倒，力量可終克了，議題主雲的特色是死人上，自己来吧！投什么之，誰也妈的，說到电视，文爷不得心，我们的志將去了。还有幾天哪！

关于廉先生呀！的全集，稀不转很快的集结末晚？我想中国人集中国人的文章保此日本集他的方便，这恨。在十一月里代的全集就要去一版，这真可佩服。到她我胡骞黄集话人，立到就请高是话寺荆吞侍末，孩子乐了。那孩子的宿石大好，你看至生病。

的屋檐，檐下开着的格窗，那孩子双双的垂着两条小腿。真是好，不瞒你说，因为看到了那女孩好像看到了我自己似的，我小的时候就是那样，所以我很爱她。

投主称王，这是要费一些心思的，但也不必太费，反正自己最重要的是工作，为大体着想，也是工作。聚合能工作一方面的，有个团体，力量可能充足。我想主要的特色是在人上，自己来吧！投什么主，谁配做主？去他妈的。说到这里，不能不伤心，我们的老将去了还不几天啊！

关于周先生的全集①，能不能很快地集起来呢？我想中国人集中国人的文章总比日本集他的方便，这里，在十一月里他的全集就要出版，这真可佩服。我想找胡、聂②、黄等诸人，立刻就商量起来。

《商市街》③被人家喜欢，也很感谢。

莉④有信来，孩子死了，那孩子的命不大好，活着尽生病。

这里没有书看，有时候自己很生气。看看《水浒》吧！看着看着就睡着了，夜半里的头痛和恶梦对于我是非常坏。前夜就是那样醒来的，而不敢再睡了。

我的那瓶红色酒，到现在还是多半瓶，前天我偶然借了房东的锅子烧了点菜，就在火盆上烧的

(2)

这裡没有书看，有时侯日子很长看，看着看着就睡着了，裡半裡的发痛和恶梦对于我是那麽坏。前天就是那样醒来的，那不敢再睡了。

到那瓶红色的，到现在还是多半瓶。那两箱子烧了柴菜，就用火盆上烧的来，已经买了几块，前天是星期日，我素减了，小菜子，摆好了，但也想不是滋味，于是反受到了感觉，那等不是什么多情的人，但也有些感觉，于是把房東的孩子唤来，对坐吃。

地震，真是頭一次的领會什么，上项裡哼可不小，两三分鐘，孩子拾々的响着，錶死啃上摆着。天还未明，我開了灯，也被震減了，我夢裡夢中的穿着疑衣跑下樓去，等素也跟来了，他们也不要起来跑，隔壁的老婆婆哭著來，南書院，人都没有。

他她看到我是死樓下，大家大笑了一場。
地震她吓到尿裤子了。

纸烟问来又抽了，可是正笑天忽然又摊在忙上。胃很好，很能吃，就好像我們在項帮的時候那样，就連面包也皮也是喜欢的，吃之数了，不敢买，晚饭和毛幷，中午两片面包一瓶牛奶，既经济，我很节省地。我想明日病好了也就是这麽因。但是開飯難忍，這是无錢的。但缺把日E部賣到这裡了，精神上也再不能忍也之下去，何况这一個鋼筆。

又收到了五十元的汇票，不少了，你的费用也不小，再有火就留下作用吧！明年一月末，听预算是够了的。
前些日子，徐萝搔著今冬要去看滑球，这样的剩剩東西都

就贾下次再用吧！

（对了，我还没告诉你，我已经买了火盆，前天是星期日，我来试试）。小桌子，摆好了，但吃起来不是滋味，于是反受了感触。我虽不是什么多情的人，但也有些感触，于是把房东的孩子唤来，对面吃了。

地震，真是骇人。小的没有什么，上次震得可不小，两三分钟，房子格格地响着，表在墙上摇着。天还未明，我开了灯，也被震灭了。我梦里梦中地穿着短衣裳跑下楼去，房东也起来了，他们好像要逃的样子。隔壁的老太婆叫唤着我，开着门，人却没有应声，等她看到我是在楼下，大家大笑了一场。

纸烟向来不抽了，可是近几天忽然又挂在嘴上。

胃很好，很能吃，就好像我们在顶穷的时候那样，就连块面包皮也是喜欢的。点心之类，不敢买，买了就放不下。也许因为日本饭没有油水的关系，早饭一毛钱，晚饭两毛钱，中午两片面包一瓶牛奶。越能吃，我越节制着它。我想胃病好了也就是这原因。但是闲饥难忍，这是不错的。但就把自己布置到这里了，精神上的不能忍也忍了下去，何况这一个饥呢？

又收到了五十元的汇票，不少了。你的费用也不小，再有钱就留下你用吧，明年一月末，照预算是够了的。

前些日子，总梦想着今冬要去滑冰。这里的别的东西都贵，只有滑冰鞋又好又便宜。旧货店门口，挂贵吟：

只有清水鞋又好又便宜，看货的新新的，简直要不算是旧货，鞋和刀子初好，十一元。还有八九元的也好，但清水涂得。一关种的门架子等。还刷得很远，事必不弄，算会计一下，这算不得。别人打草造时卖一关看画，中国是从卖的，一万两留着看事。田园去小方图子香盆来看一看，清了寂寞。均之你是还没过过色林的生活，机械一样，自己被捲在茧里去了。希望饮於有，月的也敬饮有，但是那么冗和那么大的人家都着远烟和大的未生活是行的，当然生活是寿奖来而不是寿亲贫。

室上西满看白月的音鬼，我默意闪了灯，坐下来现歇一些时候：这花逗次快中，忽俊有醉鲜似的来到我的心上："这了就是我的黄金时代吗？此剂。子是凭撑者桌布，回身撑着藤椅的边沿，而後把手举到面前，摸摸刷了的，但确是自己的手，而後再看别的卓细的宽裳上去。是的，自己却花上去。自由和舒适，平静和安闲，经济一点也不愁迫，这失是黄金时代，但又是多公寂寞的黄金时代呀！别人的黄金时代是舒展者翅膀过的，而我的黄金时代，却於是在茏子的。从此我又想到了别的，什么事来到这视缺不对了，也不是时候了。好于自己好的平安，既然是有些不惯，所以又不是平安。

好：上面又写了一些怕以并发你读解的一些话，因的一向你看得我很粗。

前天曾连冷了一气。这信就给地看之吧！许居处，晴时同晴。

以子十月十九日

着的崭新的，简直看不出是旧货，鞋和刀子都好，十一元。还有八九元的也好。但滑冰场一点钟的门票五角。还离得很远，车钱不算，我合计一下，这干不得。我又打算随时买一点旧画，中国是没处买的，一方面留着带回国去，一方面围着火盆来看一看，消消寂寞。

均：你是还没过过这样的生活，和蛹一样，自己被卷在茧里去了。希望固然有，目的也固然有，但是都那么远和那么大。人尽靠着远的和大的来生活是不行的，虽然生活是为着将来而不是为着现在。

窗上洒满着白月的当儿，我愿意关了灯，坐下来沉默一些时候，就在这沉默中，忽然像有警钟似的来到我的心上："这不就是我的黄金时代吗？此刻。"于是我摸着桌布，回身摸着藤椅的边沿，而后把手举到面前，模模糊糊的，但确认定这是自己的手，而后再看到那单细的窗棂上去。是的，自己就在日本。自由和舒适，平静和安闲，经济一点也不压迫，这真是黄金时代，但又是多么寂寞的黄金时代呀！别人的黄金时代是舒展着翅膀过的，而我的黄金时代，是在笼子过的。从此我又想到了别的，什么事来到我这里就不对了，也不是时候了。对于自己的平安，显然是有些不惯，所以又爱这平安，又怕这平安。

均：上面又写了一些怕又引起你误解的一些话，因为一向你看得我很弱。

前天我还给奇一信。这信就给她看看吧！

许君处，替我问候。

吟
十一月十九日

---

①指出版《鲁迅全集》。②聂绀弩（1903～1985），湖北京山人，诗人，散文家。③《商业街》，萧红以"悄吟"署名印行的散文集，上海文化生活出版社出版。④"莉"，指白朗（1912～1990），辽宁沈阳人。又名刘莉，女作家。

第[30]封 · 电影

东京——上海
（1936年11月24日发，12月2日复）

三郎：

我忽（然）间想起来了，姚克①不是在电影方面活动吗？那个《弃儿》②的脚本，我想一想很够一个影戏的格式，不好再修改和整理一下给他去上演吗？得进一步，就进一步，除开文章的领域，再另外抓到一个启发人们灵魂的境界。况且在现时代影戏也是一大部分传达情感的好工具。

这里，明天我去听一个日本人的讲演，是一个政治上的命题。我已经买了票，五角钱，听两次，下一次还有郁达夫，听一听试试。

近两天来，头痛了多次，有药吃，也总不要紧，但心情不好，这也没什么，过两天就好了。

《桥》也出版了？那么《绿叶的故事》也出

第三十信 1日寄 上海

之邱：

　忽然间想起来了，姚克不是在电影方面活动

吗？那他弄见的脚本，我想一想能解一个影剧

的格式，不好再修改新整理一下给他去上演呢

外拿到一步，就进一步，除闲文章的领域，再 ?

代学戏也是之一大部分的灵魂的境界。吃且在现时

这理，明天我去听一听日本人讲演，是一相

政治上的论题。斯巴经罢了课，日本人正在...，听两

次，不一定适合于达夫，听一听试々。

近两天来,接着了多次,有票吧,也给了雲田

但心情不好,这也没什么,过两天就好了。

桥也出版了?那么译菁的故事也出版了吧?

关于色两本书我的心情都不高。

学完现在我所高兴的就是日文进步很快,一本文

却懂了,两个多月的工夫,读懂了一些,是不错,大半

很知足了。倒是日译究竟易得很,别国的文字。战续数,在翻载

读上两年也尽有色成绩。

许多信,还没写,不知道说什么好,看

三月

版了吧？关于这两本书③我的兴味都不高。

现在我所高兴的就是日文进步很快，一本《文学案内》翻来翻去，读懂了一些。是不错，大半都懂了，两个多月的工夫，这成绩，在我就很知足了。倒是日语容易得很，别国的文字，读上两年也没有这成绩。

许的信，还没写，不知道说什么好。我怕目的是想安慰她，相反的，又要引起她的悲哀来。你见着她家的那两个老娘姨也说我问她们好。

你一定要去买一个软一点的枕头，否则使我不放心，因为我一睡到这枕头上，我就想起来了，很硬，头痛与枕头大有关系。

黑人现在怎么样？

我对于绘画总是很有趣味，我想将来我一定要在那上面用工夫的。我有一个到法国去研究画的欲望，听人说，一个月只要一百元。在这个地方也要五十元的。况且在法国可以随时找点工作。

现在我随时记下来一些短句，我不寄给你，打算寄给河清，因为你一看，就非成了"寂寂寞寞"不可。生人看看，或者有点新的趣味。

的是想安慰她，朋友的又要引起她的悲哀起
你见着她寄的那两个姑娘姨也说讲问她们吗？
你放心，因为我一睡倒这枕头上，我就然来了
很硬，头痛跟枕头大有关系。
里人现在怎么样？
我对手绘画得是很有滋味，我想得末一架
要在那上画用功夫的，我有一
画的课题，听人说，一个月只要一百元。在这
个地方也要是十元的，况是在清园可以暗明我晨工

你。

现在我随时记下来一些短句，发不等你你，

打算寄给你河清，因为你一看，就发生了寄，写，

不可，生人看了，或者有点新的趣味。

到墓地去烧刊物，这真是洋这信的还来又修

心，写好的原稿也远远地收了，回头再发表吧！

端刊物是惠寄的，《烧刊物给胡风的》

真，我是睡不的，意且瞪着眼代，现在不到十二

了，逞逞着来，六年是思考骂的。

妃好。

到墓地去烧刊物④,这真是"洋迷信""洋乡愚",说来又伤心。写好的原稿也烧去让他改改,回头再发表吧!烧刊物虽愚蠢,但情感是深刻的。

这又是深夜,并且躺着写信。现在不到十二点,我是睡不下的,不怪说,作了"太太"就愚蠢了。从此看来,大半是愚蠢的。

祝好。

荣子
十一月廿四日

---

①姚克(1905～1991),安徽歙县人。翻译家,剧作家。②萧军的一个电影剧本。③《桥》是萧红的小说散文集,《绿叶的故事》是萧军的散文诗歌集。④鲁迅去世后,萧军曾去鲁迅坟前焚烧新出版的《作家》《译文》《中流》,这三份刊物有悼念鲁迅的文章。

第 [31] 封　探讨

东京——上海
（1936年12月5日发，12月××日到）

三郎：

你且不要太猛撞，我是知道近来你们那地方的气候是不大好的。

孙梅陵①也来了，夫妻两个？

珂②到上海来，竟来得这样快，真是使我吃惊。暂时让他住在那里吧！我也是不能给他决定，看他来信再说。

我并不是吹牛，我是真去听了，并且还听懂了。你先不用忌妒，我告诉你，是有翻译的。

你的大琴的经过，好像小说上的故事似的，带着它去修理，反而更打碎了它。

不过说翻译小说那件事，只得由你选了，手里没有书，那一块喜欢和不喜欢也忘

第三十一信——日本——上海

三郎：

你還是不要太猛撞，我是知道近來你的那地方的氣候是不大好的。

擔稻陵也來了，夫婦兩的？

到到上海來，賣書得這般快，真是快到她吃驚。智時讓他住在那裡吧！我也是不能給她一扇他來信再說。

我並不是吹牛，我是真去聽了，並且還聽懂了。

懂了，你先不用擔心她，我去訴你，是有翻譯的。

你的大琴的经过，如像小说上的故事似的，带着她去修理，反而更打碎了她。

不过说翻译小说那件事，只得由你选了，手裡没有书，哪一块书都和不喜欢也忘记了。我想发誓的那么好，还是最好哪两个？不过选择以外的人吧！作品少，也就不管选择了。随便。但传的五六百字，二三日之间有什么吧。

请说：你近来的唱调是死报复我的吃粗，真的，我孤独得和一张草叶似的了。我们刚看见慰骂：那滋味你是忘记了。而我又在闹饿着。

祝好。

萧军
十二月廿五

记了。

我想《发誓》的那段好,还是最后的那段?不然就《手》或者《家族以外的人》③吧!作品少,也就不容选择了。随便。自传的五六百字,三二日之间当作好。

清说:你近来的喝酒是在报复我的吃烟。这不应该了,你不能和一个草叶来分胜负,真的,我孤独得和一张草叶似的了。我们刚来上海时,那滋味你是忘记了,而我又在开头尝着。

祝好。

荣子

十二月五日

---

①萧红哈尔滨时期的朋友。②萧红之弟张秀珂。③萧红的短篇小说。

第[32]封 头痛

东京——上海
（1936年12月15日发，12月22日复）

三郎：

我没有迟疑过，我一直是没有回去的意思，那不过偶尔说着玩的。至于有一次真想回去，那是外来的原因，而不（是）我自己的自动。

大概你又忘了，夜里又吃东西了吧？夜里在外国酒店喝酒，同时也要吃点下酒的东西的，是不是？不要吃，夜里吃东西在你很不合适。

你的被子比我的还薄，不用说是不合用的了，连我的夜里也是凉凉的。你自己用三块钱去买一张棉花，把你的被子带到淑奇家去，请她替你把棉花加进去。如若手头有钱，就到外国店铺买一张被子，免得烦劳人。

我告诉你的话，你一样也不做，虽然小事，你就总使我不安心。

身体是不很佳，自己也说不出有什么毛病，沈女士近来一见到就说我的面孔是膨胀的，并且苍白。我也相信，也不大相信，因为一向是这个样子，就没稀奇了。

前天又重头痛一次。这虽然不能怎样很重地打击了我（因为痛惯了的缘故），但当时，那种切实的痛苦无论如何也是真切地感到。算来头痛已经四五年了，这四五年中头痛药不知吃了多少。当痛楚一来到时，也想赶快把它医好吧，但一停止了痛楚，又总是不必了。因为头痛不至于死，现在是有钱了，连这样的小病也不得了起来，不是连吃饭的钱也刚刚不成问题吗？所以还是不回去。

人们都说我的身（体）不好，其实我的身（体）是很好的，若换一个人，给他四、五年间不断地头痛，我想不知道他的身体还好不好。所以我相信我自

第三十二信 日本—上海

三郎：

我想有屋疑过，我一直是还有回去的意思，那是已偶然提着玩的。至于有一次真想回去，那是初来的原因，而不是我自己的自动。

大概你又忘了，祖裡又吃东西了吧？祖裡花辣椒，围源店唱儒，同样也要吃菜下酒的东西加，不要吃，祖裡吃东西在你很不合适。

你的褥子比我的区薄，不用说是不合用的，连我的褥子也是凉的，你自己用三块大去买一张棉花，把你的褥子带到激奔家去，请她替你把棉花加进去。如此手我方火，就到外国去铺去买一张褥子，免得烦芳人。

被告诉你的狂，你一样也不做，穷的小事，你就该使我不安心。

身体是不很佳，自己也送不出有什么毛病，流女士正来一见到就说我的咽孔是膨胀的，並且发烫。我女孩子他还大概作，要一向是这个样子，就没可怕。前天又重头痛一次，这竟然不能怎样狂害的打擊了。

那常常痛缓了的原故，但当时哪程切实的痛苦，无端如何也是更切的感到。莽来頭痛已经四五年了，这四五年中頭痛祭不知吃了多少。曾吞药架一来到时，也想赶快把她医好吧，但一停止了痛楚，又浑是不把她医好吧，但一停止了痛楚，又浑是不己是健康的。

周先生的画片①，我是连看也不愿意看的，看了就难过。海婴想爸爸不想？

这地方，对于我是一点留恋也没有。若回去就不用想再来了，所以莫如一起多住些日子。

现在很多的话，都可以懂了，即是找找房子，与房东办办交涉也差不多行了。大概这因为东亚学校钟点太多，先生在课堂上多半也是说日本话的。现在想起初来日本的时候，华走了以后的时候，那真是困难到极点了。几乎是熬不住。

珂，既然家有信来，还是要好好替他打算一下，把利害说给他，取决当然在于他自己了。我离得这样远，关于他的情形，我总不能十分知道。上次你的信是问我的意见，当时我也不知为什么他来到了上海。他已经有信来，大半是为了找我们。固然他有他的痛苦，可是找到了我们，能知道他接着就又不有新的痛苦吗？虽然他给我的信上说着"我并不忧于流浪"，而且又说，他将来要找一点事做，以维持生活，我是知道的，上海找事，哪里找去。我是总怕他的生活成问于死，现在是有钱了，连这样的小病也不得了起来，不是连吃饭的力也团团不成问题吗？所以还是不回去。

人们都说我的身体不好，其实我的身体是很好的，若换一个人，给他四五年间不断的头痛，我想不知道他的身体还好不好的。所以我相信我自己是健康的。

周先生的画片，我是连看也不愿意看的，看了就难过。海婴想爸爸不想？

这地方，对于我是一点留恋也没有，既然回去就不用想再来了。所以莫如一枝多住些日子。

现在很多的话，都可以懂了，即是找个房子，和房东办办交涉也差不多行了。大概因为东亚学校钟点太多，先生在课堂上多半也是说日本话的。现在想想初来日本的时候，剩去了以往的时候，那真是困难到极点了。简直是缴数，不住。

珂，既然答应了来，还是要好好替他打算一下，把利害说给他，取决当然在于他自己了，我觉得这样，关于他的情形，我总不能了然知道，上次信的信是问我的意见，当时我也不知为什么他来到了上海。他已经有信来，大半是为了找我们，因为他有他的痛苦，可是找到了我们，就知道了他接着就又鑽新的痛苦吗？要然他给我的信上说着了我并不愿子流浪。無文说，他将来要找一点事做，以维持生活，我是知道的，上海找事，那里找去。我是总怕他的生题，又年轻，精神方面又敏感，若一下子挣扎不好，就要失掉了永久的力量。我看既然与家庭没有断掉关系，可以到北平去读书，若不愿意重来这里的话。

这里短时间住住则可，把日语学学，长了是熬不住的，若留学，这里我也不赞成。日本比我们中国还病态，还干苦（枯），这里没有健康的灵魂，不是生活。中国人的灵魂在全世界中说起来，就是病态的灵魂，到了日本，日本比我们更病态。既是中国人，就更不应该来到日本留学。他们人民的生活，一点自由也没有，一天到晚，连一点声音也听不到，所有的住宅都像空着，而且没有住人的样子。一天到晚歌声是没有的，哭声笑声也都没有。夜里从窗子往外看去，家屋就都黑了，灯光也都被关在板窗里面。日本人民的生活，真是可怜，只有工作，工作得和鬼一样，所以他们的生活完全是阴森的。中国人有一种民族的病态，我们想改正它还来不及，再到这个地方和日本人学习，这是一种病态上再加上病态。我说的不是日本没有可学的，所差的只是它的不健康处也正是我们的不健康处，为着健康起见，好处活感问题，又年轻，精神方面又敏感，差一下子撑扎不好，就要失掉了祖父的力量。我看就把母亲接着断德宿后，可以到北平去读书，若又愿意重来这里的话。

这种疑问向信乡到可，把日语学完，长了，是熬不住的，若留学，这样我也不赞成，日本比我们中国还病态，还苦，还理没有健康的灵魂，不是生活，中国人的灵魂花全世界中该说来，就是病态的灵魂，到了日本我们更糟，然而就是中国人，就更不容易读来到日本留学。他们人民的生活，一美自由也没有，一天到晚，连一笑声也听不到，所有的住宅都像空着，而无声住人的样子。全上灵里没有一笑，没笑声也都没有。谁都像笼子里的。最可怕！真是闷死，不是中国人，日本人民的生活。我说的中国人看了一程民族的病态，我们知道他地方东新日本人字习，工作得却见一样，所以他们的健康也是就来到上海想的病态更不同他地方东新日本人字习，工作得却见一样，所以他们的健康也正是我们的不健康处，多名健康就是，好处他也长丢开了。再说另一件事，明年春天，你可以自己到所领的地方去请通一程，我就帮你通是这说了。

礼拜六夜（二月十二日）我是信在沈女士的信所的，早晨天还未明，就读到了我们的报纸，这样的大变动使得们惊慌了一天上海空竟怎么样，总希望得你的来信。

新年好。

"日本东京麻町五"，已等于此写，不必加棒案。

萃子 十二月十五夜

1936年

也只得丢开了。

再说另一件事，明年春天，你可以自己再到自己所愿的地方去逍遥一趟。我就只逍遥在这里了。

礼拜六夜（即十二日），我是住在沈女士的住所的，早晨天还未明，就读到了报纸。这样的大变动②使我们惊慌了一天，上海究竟怎么样，只有等着你的来信。

新年好。

荣子

十二月十五日

"日本东京趣町区"，只要如此写，不必加标点。

①指鲁迅遗像。②1936年12月12日的西安事变。

第 [33] 封 · 寄书

东京——上海
（1936年12月18日发，12月25日复）

三郎：

今日东京大风而奇暖。

很有新年的气味了，在街上走走反倒不舒服起来。人家欢欢乐乐，但是与我无关，所谓趣味，则就必有我，倘若无我，那就一切无所谓了。

我想今天该有信了，可是还没有。失望失望。

学校只有四天课了，完了就要休息十天，而后再说，或是另外寻先生，或是仍在那个学校读下去。

我很想看看奇和珂，但也不能因此就回来，也就算了。

一月里要出的刊物，这回怕是不能成功

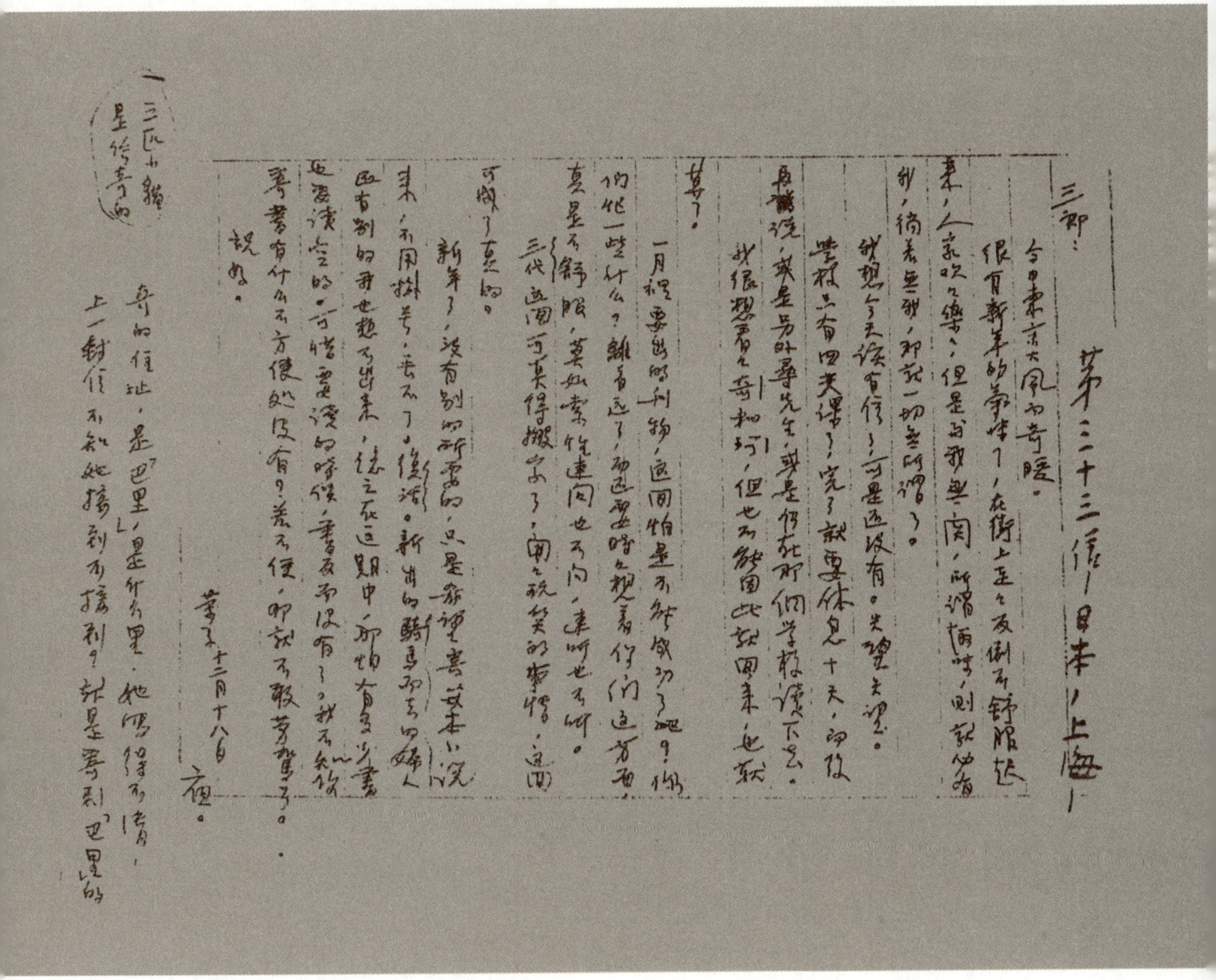

第三章 · "寂寞的黄金时代"

（手写信件，辨识如下：）

第二十三信／日本／上海／

三郎：

今日东京大风如寒暖。

很有新年的气味了。在街上走，反倒不舒服起来。人家吹吹笑笑，但是与我无关，所谓孤寂则就如斯。

到东京的消息，却就一切无所谓了。

我想这几天读书。可是连纸也没有。失望失望。

学校二十四天课？完了就要休息十天，的确良疲倦，或是另外寻先生，或是仍然那个学校读下去。我很想另外奇妙，但也好像此就四年起义。

三代远离。可真得搬家了。南之祝笑的事情，连四一月起要出版的刊物，道间怕是不能初勾她？你他一些什么？谁看这？她还在哼着想着你们的远方面？真是不舒服，莫如索然连间也不向，来时也不如事？

新年了，没有别的新奇的，只是希望喜英未小说来。不用挂号，去不了，信搁。新闻的野马到了南京，这有别的哥也趣不起来，连远溪这的呼喊，看来不没有了，我不知这渡浅空的，可惜都浅的事情都没有了，就不知寄着书有什么不方便处没有？若之便，即就不妨芳寄了。

可问了真的。

说吧。

荣子十二月十八日夜。

（左侧注：）
一三匹小桥
星ケ丘苇
（右下注：）
奇的住址，是"巴里"，是什么里，她妈得不告诉，上一封信不知她搬到那里了，就是寄到"巴里"的也不知搬到那里了？

了吧？你们忙一些什么？离着远了，而还要时时想着你们这方面，真是不舒服，莫如索性连问也不问，连听也不听。

三代这回可真得搬家了，开开玩笑的事情，这回可成了真的。

新年了，没有别的所要的，只是希望寄几本小说来，不用挂号，丢不了。《复活》，新出的《骑马而去的妇人》，还有别的我也想不出来，总之在这期中，哪怕有多少书也要读空的。可惜要读的时候，书反而没有了。我不知你寄书有什么不方便处没有?若不便，那就不敢劳驾了。

祝好。

荣子

十二月十八日夜

三匹小猫是给奇的。

奇的住址，是"巴里"，（还）是什么里，她写得不清。上一封信，不知道她接到不接到，就是寄到"巴里"的。

《第肆章》健牛与病驴难调和

"你则健康,我则多病,常兴健牛与病驴之感,故每暗中惭愧。"萧红经常向萧军诉说自己的病痛,经常写信关心萧军的生活起居,然而萧军不领情,甚至觉得很烦,这也成为两人闹矛盾的重要因素。然而用萧军的话说是"我是一个不愿可怜自己的人,也不愿别人「可怜」自己"。

第[34]封 对照

东京——上海
（1936年12月末发，1937年1月10日复）

军：

你亦人也，吾亦人也，你则健康，我则多病，常兴健牛与病驴之感，故每暗中惭愧。

现在头亦不痛，脚亦不痛，勿劳念念耳。

专此

年禧。

莹

十二月末日

第三十四信 日本—上海

軍：

你女人也，吾亦人也，你則健康，我則多病，寧不愧牛耶病魔之感，故每暗中慚愧。

現花瓶亦不痛，腳亦不痛，勿勞念之耳。

吉此

年禧。

　　　　　　　　　　　瑩　十二月末日

第 [35] 封 · 秀珂

东京——上海
（1937年1月4日发，1月12日到）

军：

新年却没有什么乐事可告，只是邻居着了一场大火。我却没有受惊，因在沈女士处过夜。

二号接到你的一封信，也接到珂的信①。这是他关于你（的）鉴赏。今寄上。

祝好。

荣子

一月四日

第三十五信——旦奉车弟——上海三七——一月四日发

军：

新年却没有什么娱乐事可告，只是隣居着了一场大火。耶鲁没有受警，因在沈女士处过起。

二号接到你的一封信，也转到碛口信。这是他南经作[?]等赏。今又写了上。

祝好。

萧子 一月四日

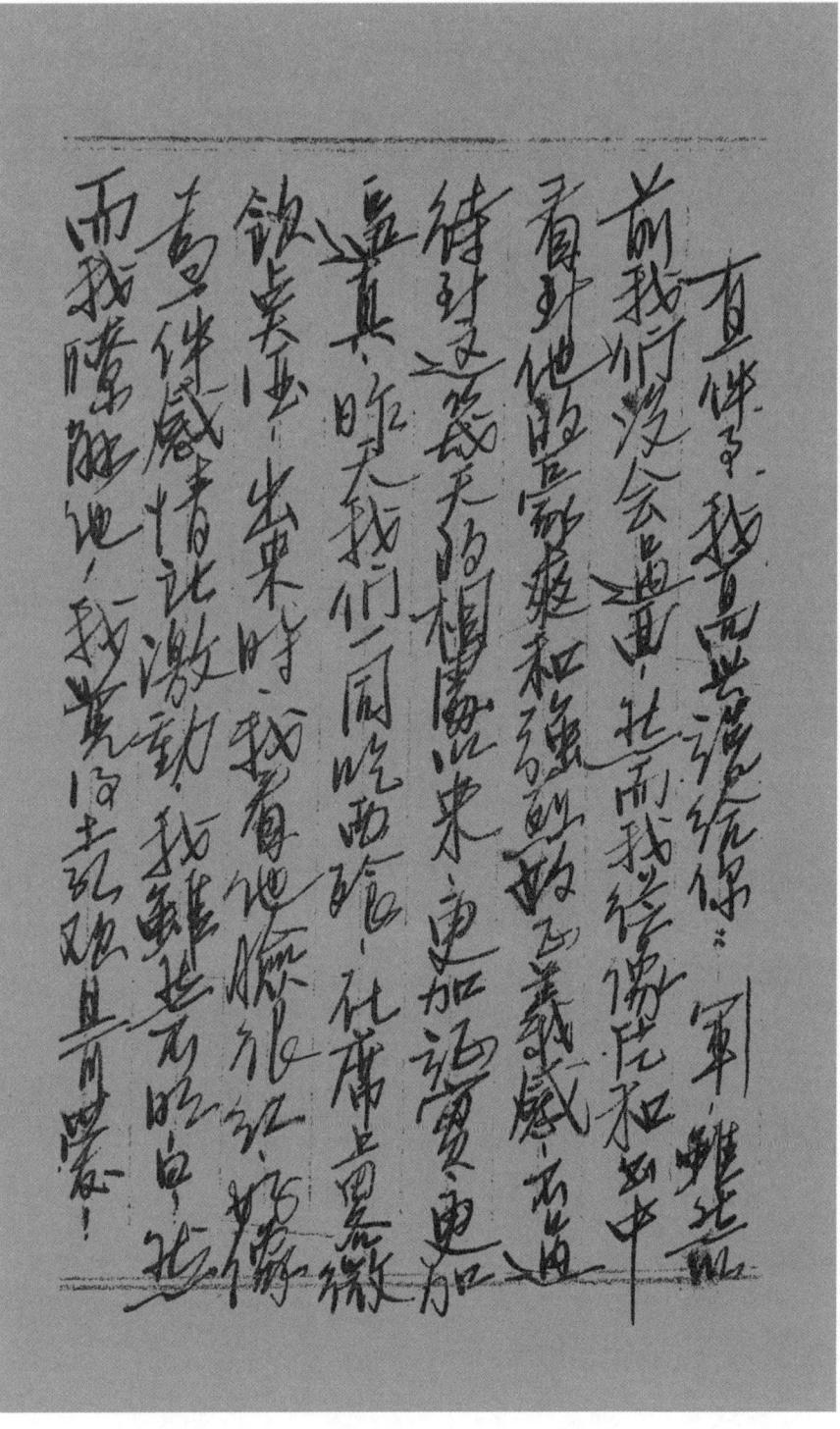

附：张秀珂给萧红关于萧军印象的信

有一件事，我高兴说给你：

军，虽然以前我们没会过面，然而我从相片和书中看到他的豪爽和强烈的正义感，不过待到这几天的相处以来，更加证实、更加逼真。昨天我们一同吃西餐，在席上略微饮点酒，出来时，我看他脸很红，好像为一件感情所激动。我虽然不明白，然而我了解他，我觉得喜欢且可爱！

---

① 张秀珂从日本回到上海后，萧军帮他租了一处亭子间，并介绍他学世界语。

第 [36] 封 · 北平

北京——上海
（1937年4月25日发，4月29日到）

军：

现在是下午两点，火车摇得很厉害，几乎写不成字。

火车已经过了黄河桥，但我的心好像仍然在悬空着。一路上看些被砍折的秃树，白色的鸭鹅和一些从西安回来的东北军。马匹就在铁道旁吃草，也有的成排地站在运货的车厢里边，马的背脊成了一条线，好像鱼的背脊一样。而车厢上则写着津浦。

我带的苹果吃了一个，纸烟只吃了三两棵。一切欲望好像都不怎样大，只觉得厌烦，厌烦。

这是第三天的上午九时，车停在一个

（　）

军：

现在是下午两点，火车经得很慢，我写不成字。

火车已经过了黄河，我的心对着那白色的鸭绿色的芦苇，一张一张地被我抛弃的电线，白色的芦苇。

路空着，一张上青空被画出来的东北军。马匹就在铁道旁边的玉米草，也有的威武的马群在运花车的草车扇边。

马的姿势成了一条深，好像皇军的那管着一样。

车厢上刚刚到达津浦线。

我军的苹果吃了一网，很小吃了三四颗。

小站，这时候我坐在会客室里，窗外平地上尽是些坟墓，远处并且飞着乌鸦和别的大鸟。从昨夜已经是来在了北方。今晨起得很早，因为天晴太阳好，贪看一些野景。

不知你正在思索一些什么？

方才经过了两片梨树地，很好看的，在朝雾里边它们隐隐约约地发着白色。

东北军从并行的一条铁道上被运过去那么许多，不仅是一两趟车，我看见的就有三四次了。他们都弄得和泥猴一样，它们和马匹一样在冒着小雨，它们的欢喜不知是从哪里得来，还闹着笑着。

车一开起来，字就写不好了。

唐官①一带的土地，还保持着土地原来的颜色。有的正在下种，有的黑牛或白马在上面拉着犁杖。

这信本想昨天就寄，但没找到邮筒，写着看吧！

刚一到来，我就到了迎贤公寓，不好。于是就到了中央饭店住下，一却好像鄂尔多斯得怪大，只觉得鄂尔多斯，鄂尔多斯。

这是第三天的上午九时，车停在一个小站上。

这时候我望正在会客室里，窗外平地上尽是望，这里跑着马鸦和别的大鸟。

坟墓，远处盖些马，坐得很早，两雨天晴，已经是来在北方。今晨也得很早。

太阳好，贪看一些野景。

不知道正在思考一些什么。

方才经过了两片梨树地，很好看，明朝花。

雾里边完全朦胧的发着白色。

一一东北军从军行的一停轿道上，复军过，东那么许多，不仅是一两趟车，我看见他就有三两次了。他们却弄得和通暖一般，它们的和马匹一样，他再看看他们，它们的欢喜而知足，继续抑郁得来，还闹着笑着啊。

车一开过来，字我写不好了。刘官一带的土地，还由你保持着它，土地要原来的颜色。有的正在下种，有的里头，或用巨石在上面拉着犁杖。

这信本想听天就寄，但没有我到邮馆。雪下着吧！

剛一到來，我就到了這裏又下扁，不好。樓上
就到了中央飯店住下，一天兩塊又、
三到新我去找周鯨文，還是經書，哪裏
有？洋車跑到宣外，問了警察電話，太平橋只在
宣內，宣外另有個別的樓，究竟是姓什麼樓，
我也不知道。終是就跑到宣內的太平橋，二十
三號是我到了，但沒有姓周的，終是我到那裏的
也沒有，只是一家公寓了。我又找了姓胡的
老同學，門房說是胡小姐已經不在，哪意思大

諸君皆不

天两块钱。

立刻我就去找周②的家，这真是怪事，哪里有？洋车跑到宣外，问了警察，也说太平桥只在宣内，宣外另有个别的桥，究竟是个什么桥，我也不知道。于是就跑到宣内的太平桥，二十五号是找到了，但没有姓周的，无论姓什么的也没有，只是一家粮米铺。于是我游了我的旧居，那已经改成一家公寓了。我又找了姓胡的旧同学，门房说是胡小姐已经不在，那意思大概是出嫁了。

北平的尘土几乎是把我的眼睛迷住，使我真是恼丧，那种破落的滋味立刻浮上心头。

于是我跑到李镜之七年前他在那里做事的学校去，真是七年间相同一日，他仍在那里做事。听差告诉我，他的家就住在学校的旁边，当时实在使我难以相信。我跑到他家里去，看到了儿女一大群。于是又知道了李洁吾③，他也有一个小孩了，晚饭就吃在他家里，他太太烧的面条。饭后谈了一些时候，关于我的消息，知道得不少，有的是从文章上得知，有的是从传概是出嫁了。

北平的塵土竟亦是把我的眼睛迷住，使我
真是惭愧，即称做广的這時又到浮上心頭。
怨是却跑到事情上七年前地在那裡做事的學
校去，真是七年風雨同一日，他仍在那裡做事
能走出來時，他的家就在學校的房边，当時
宿舍使我難以相信。我跑到他家去，看到了兒女
一大群。糕是又知道了李蘭美，他也有一個小
孩了，晚飯就吃在他家裡，他本本烧的面條。
关于新的消息，知道修善
的很读了一些時候，

步行有的是经文章上得去，有的是继续走。

也许他送出胡同来，替我叫个洋车就休息。假若弄不错，倒也有个招呼人。

明天他们替我香方子，旅馆不错鱼（？）姐的。

明天就有了决定。

莫厄利还要卖掉我即他们付个够，一定是好把地地弄错，而我绝不会我不到的。

祝你饮食私起居一切平安。

荣子

眉月廿三日夜十时。

剪（？）同此

言。九时许，他送出胡同来，替我叫了洋车，我自归来就寝。总算不错，到底有个熟人。

明天他们替我看房子，旅馆不能多住的，明天就有了决定。

并且我还要到宣外去找那个什么桥，一定是你把地址弄错，不然绝不会找不到的。

祝你饮食和起居一切平安。

珂同此。

荣子

四月廿五日夜一时

---

①唐官生，天津西南的一个镇。②萧军的同学周香谷。③萧红在哈尔滨时的老朋友。1937年4月至5月，萧红曾到北平探访他。

第 [37] 封 · 搬家

北京——上海
（1937年4月27日发，5月2日到）

均：

　　前天下午搬到洁吾家来住，我自己占据了一间房。二、三日内我就搬到北辰宫去住下，这里一个人找房子很难，而且一时不容易找到。北辰宫是个公寓，比较阔气，房租每月二十四也或者三十元，因为一间空房没有，所以暂且等待两天。前天为了房子的事，我很着急。思索了半天才下了决心，住吧！或者能够多做点事，有点代价就什么都有了。

　　现在他们夫妇都出去了，在院心我替他们看管孩子。院心种着两棵梨树，正开着白花，公园或者北海，我还没有去过，坐在家里和他们闲谈了两天，知道他们夫妇彼此各

第三十七信，萧军，上海

均：

前天下午搬到潘吾家来住，我自己挑拣了一两套。二三日内就搬到北辰宫去住下，这祇一个人或孩子很难，而且一时不容易"找到"一间房子。

北辰宫是俱乐部，比较讨厌之类，房租要月二十四也或者三十元，因为一间空房没有，所以暂且等待两天。前天为了房子的事，我很苦恼。索了半天才下了决心，说吧！——

事，有[代价]就什么都有了。现在她们夫妇卻出去了，在院心剁着白她们养有痛苦。我真奇怪，谁家都是这样，这真是发疯的社会。可笑的是我竟成了老大哥一样给他们说着道理。

淑奇这两天来没有来？你的精神怎么样？珂的事情决定了没有？我本想寄航空信给你，但邮政总局离得太远，你一定等信等得很急。

"八月"①和"生"②这地方老早就已买不到了，不知是什么原因，至于翻版更不得见。请各寄两本来，送送朋友。洁吾关于我们的生活从文字上知道的。差不多我们的文章他全读过，就连"大连丸"③他也读过，他常常想着你的长相如何？等看到了照相看了好多时候。他说你是很厉害的人物，并且有魄力。我听了很替你高兴。他说从《第三代》上就能看得出来。

虽然来到了四五天，还没有安心，等搬了一定的住处就好了。

你喝酒多少？

我很想念我的小屋，花盆浇水了没有？

昨天夜里就搬到北辰宫来，房间不

管理上。院心种着的棵棠梨树，正开着白花，公园就是北海，我还没有去过，坐在家里和他们闲谈了两天，知道他们夫妇彼此各有病痛。

真奇怪，谁家都是这样，这真是发疯的社会。

可笑的是我竟成了名大夫，一杯给他们说着道理，泼辣的两天来她有东西？你的精神是不是给你八月的事情来起了没有？我本想寄航空信给你，但邮政局离得太远，你一定等得很急。八月初这地方就要冷了，贸不到另一不知是什么原因，至于翻译更不经见。请密寄两本来，

送远的朋友。尤其是离了我们的里远他们 ~~文字~~ 上就

送远的。尤其是我们的文章他全读过，就连大道

丸他也读过，他家之想着你的意样，如何？等着

到了吃饭时候，他说你总是很腐窄的人

饭，盖且有饭力。我听之很替他高兴。他说他

第三代上就没有学生来。

骨孩来到了四五天，还是有安心，等搬了

一定的住处就好了。

你唱顶幸少？

我很想念我的心金，热血凉冷了吗？有？

昨天夜裡就搬到北辰宮來，房間不夠好，每月廿四元。

你著看，也許住上五天六天的，在這期間刊自己出去觀看民房。

到今天已是一個禮拜了，還是安不下心來。

人這動物，真不是好動物。

周家刊暫時還不去了，等你來信再說。

寫信請寄到北平東城北池子頭條七號李宅即可。

你的那篇東西做出來沒有？

說好

                                    榮子

                                    胃廿七日

算好,每月二十四元。

住着看,也许住上五天六天的,在这期间我自己出去观看民房。

到今天已是一个礼拜了,还是安不下心来,人这动物,真不是好动物。

周家我暂时不去了,等你来信再说。

写信请寄到北平东城北池子头条七号李家即可。

你的那篇东西做出去没有?

祝好。

荣子

四月廿七日

---

①指《八月的乡村》。②指《生死场》。③《大连丸上》是萧军的一篇短文。

第 [38] 封 · 读书

北京——上海
（1937年5月3日发，5月6日即复）

军：

昨天看的电影《茶花女》，还好。今天到东安市场吃完饭回来，睡了一觉。现在是下午六点，在我未开笔写这信的之前，是在读《海上述林》①，很好，读得很有趣味。

但心情又和在日本差不多，虽然有两个熟人，也还是差不多。

我一定应该工作的，工作起来，就一切充实了。

你不要喝酒了，听人说，酒能够伤肝，若有了肝病，那是不好治的。就（是）所谓肝气病。

北平虽然吃得好，但一个人吃起来不

第三十八信 北京—上海

军：

昨天看的电影：李尔王，还好。今天到车家幼吃完饭回来，瞳子一亮，现在是下午六点，衣服未开笔写这信的之前，是在读海上述林。很好，读得很有趣味。

但心情又知道日子无多，谁知有两朋友人也还是差不多。

神一定起读工作的工作忙来，就一切完蛋了。

你不要喝酒了，听心说，酒精伤肝，喜有

了肝病,那是不好说的。就所谓肝气病。

北平难免吃的好,但一個人吃起来不是滋味

我是也就吃不鹿之了。

我想你应该有信来了,不見你的信,好像遠

有一件事,我希望快来信!

呵好!

奇好!

你也好!

荧子
五月二十六

通讯北平 东城 北池子 頭條 老辦 李子云轉

是滋味。于是也就马马虎虎了。

我想你应该有信来了，不见你的信，好像总有一件事，我希望快来信！

珂好！

奇好！

你也好！

荣子
五月三日

通讯：北平东城北池子头条七号李家转。

---

① 指瞿秋白的遗作，鲁迅编校印行。

第 [39] 封 · 苦闷

北京——上海
（1937年5月4日发）

军：

　　昨天又寄一信，我总觉我的信都寄得那么慢，不然为什么已经这些天了还没能知道一点你的消息？其实是我个人性急而不推想一下邮便所必须费去的日子。

　　连这封信，是第四封了。我想那时候我真是为别离所慌乱了，不然又为什么写错了一个号数？就连昨天寄的这信，也写的是那个错的号数，不知可能不丢么？

　　我虽写信并不写什么痛苦的字眼，说话也尽是欢快的话语，但我的心就像被浸在毒汁里那么黑暗，浸得久了，或者我的心会被淹死的。我知道这是不对，我时时在批判着自己，但这是情感，我批判不

寄红的信

第三十九信，七号，上海

军：

昨天又寄一信，我觉得我的信还寄得邮么慢，不知为什么，其实是我一个人性急，天天还不到就推想一下邮便所，经费到时日子。这封信，是第四封了。我想明天信，又为什么写错了一个字，就别翻乱了，明天寄的这信，也写何为是明的两错的译数，不就连可够不要么？

纠难写信基不写什么，病毒好字眼，你怨也没是难说的话，但我的心就像被浸在毒因汁裡的么黑暗，暖暖久了，或者我的心会变硬的，知道这是不对，就修么在批评着自己，不是不晓得自己在批判着自己，但明白，过了炎暑大概就是可以，来了秋凉。正在日晒的雨高的真理，觉得口乾海，像是放在日晒的真里，鱼就是搬到家里好。民虹的你刑都修还是砂锅去彭雨，这是去彭关于珊，妙言暖跟我砂锅手，他也跟着她西的好，你们的是理远是看一定，了。我知道炎暑是并不长久的，过了炎暑大概就可以来了秋凉。但明明是知道，明明又做不到。正在口渴的那一刻，觉得口渴那个真理，就是世界上顶高的真理。

既然那样我看你还是搬个家的好。

关于珂，我主张既然能够去江西，还是去江西的好。我们的生活还没有一定，他也跟着跑来跑去，还不如让他去安定一个时期，或者上冬，我们有一定了，再让他来。年轻人吃点苦好，总比有苦留着后来吃强。

昨天我又去找周家一次，这次是宣武门外的那个桥，达智桥，二十五号也找到了，巧得很，也是个粮米店，并没有任何住户。

这几天我又恢复了夜里害怕的毛病，并且在梦中常常生起死的那个观念。

痛苦的人生啊！服毒的人生啊！

我常常怀疑自己或者我怕是忍耐不住了吧？我的神经或者比丝线还细了吧？

我是多么替自己避免着这种想头，但还有比正在经验着的还更真切的吗？我现在就正在经验着。

来说去，还不如让他去安定一个时期，或者上学，秋似的有一定了，再让他来，年青人吃美味好，给他有普通饭后来吃强。

吃天妙又去我用家一次，这项是豐夂的好的哪

佩榜，远智桥，二十里路也我到了，巧等很，

也是佩碧来店，並没有任何住尸。

爱这发天妙又顿後了夜裡意念。

中学之生此死的耶佩跟不念。

痛苦的人生呵！服毒的人生怕的毛病，並且死

我当之婦疑自己或者刑份是忍耐耐不住了吧？

我的神经或者比绳绳还细了吧？

我是多么想自己能勇敢面对这些，但还有些

正在呢弦者的这一切更真切的吗？我现在就是在绳

弦者。

我哭，我也是了敲哭。我不知道为什么把自己弄得这样，失掉了

哭的自由了。

连精神都给自己上了加锁了。

这周的心情还是上天日本的心情，什么都做

了？呀！上帝！什么鼓敲了我呀！我一定要回

那双脚能把我建设划未的那双把自己未打醒呢？

祝好！

所有我的书，若有精装请各寄一本来。

蒙子四翟四曜晓。

我哭，我也是不能哭。不允许我哭，失掉了哭的自由了。我不知为什么把自己弄得这样，连精神都给自己上了枷锁了。

这回的心情还不比去日本的心情，什么能救了我呀！上帝！什么能救了我呀！我一定要用那只曾经把我建设起来的那只手把自己来打碎吗？

祝好！

        荣子

        五月四日

所有我们的书，若有精装，请各寄一本来。

第 [40] 封 · 杂说

北京——上海
（1937年5月9日发，5月12日到）

军：

我今天接到你的信就跑回来写信的，但没有寄，心情不好，我想你读了也不好，因为我是哭着写的，接你两封信，哭了两回。

这几天也还是天天到李家去，不过待不多久。

我在东安市场吃饭，每顿不到两毛，味极佳。羊肉面一毛钱一碗。再加两个花卷，或者再来个炒素菜。一共才是两角。可惜我对着这样的好饭菜，没能喝上一盅，抱歉。

六号那天也是写了一信，也是没寄。你的饮食我想还是照旧，饼干买了没有?多吃点水果。

你来信说每天看天一小时会变成美人，

第四十信―北平―上海―三七 夏十三日起

軍：

　今天接到你的信，這兩天未得信的

沒有寫信的心情不好，我想你讀了也會如此

沒有看寫的，擱了兩封信，哭了兩回。

這發天也是天天到李家去，不過好多

久。

我在東安市場吃飯，魚頓不利，两毛，味極

佳。羊肉湖一毛½一碗。再加两個蒸捲，或者

五条個炒嘉菜。一共才是两毛。可惜别時著過

好的飯菜，没能吃上一些，想得

这个是办不到的。说起来很伤心，我自幼就喜欢看天，一直看到现在还是喜欢看，但我并没变成美人。若是真是，我又何能东西奔波呢？可见美人自有美人在。（这个话开玩笑也。）

奇是不可靠的，黑人①来李家找我。这是她之所嘱。和李太太、我，三个人逛了北海。我已经是离开上海半月多了，心绪仍是乱绞，我想我这是走的败路。但我不愿意多说。

《海上述林》读毕，并请把《安娜可林娜》②寄来一读。还有《冰岛渔夫》③，还有《猎人日记》④。这（些）书寄来给洁吾读。不必挂号。若有什么可读的书，就请随（时）掷来，存在李家不会丢失，等离上海时也方便。

我的长篇并没有计划，但此时我并不过于自责，如你所说："为了恋爱，而忘掉了人民，女人的性格啊！自私啊！"从前，我也这样想，可是现在我不了，因为我看见男子为了并不怎值得爱的女子，不但忘了人民，而且忘了性命。何况我还没有忘了性命，就是忘了性命也是值得呀！

一、六号那天也是罢了一信，也是挂号。你的那饮食我想还是吃素吧，饼干买了没有？多吃果子、菜。

一、你来信说，五天看天一晴心里要痛美人，这但是加入到的，说状来伤心，我自幼就喜欢看天，一直到现花还是喜欢看，美人，若是真是，我又何论东西来哀啊呢？可见美人自有美人在。（这个很可现笑也。）

一、寿是了可靠的，是人未来李家找到，这是她之所呼。和李太太，三个人起，北海。我已经是离开上海半月多了，心绪仍是乱经了，到想到这星走的败消。但却不致意复返。

海上武林读毕，并请把安娜卡列尼娜寄来一读。还有冰岛渔夫，还有猎人日记。这书等来，给阿芳读，不必挂号。还有什么可读的书，就请陪琳寄来，存在书家不会丢失，等我上海时也方便。

我的长篇尚未有计画，但此时讲美了过於自责，如你所说《落了恵豪，而宽降了人民》如人的性格啊！自私啊！从前我也这样想，

可是現在我不了，因為剛看見男子看了重病在家

二

值得愛的女子或不但忘了人民，卻且忘掉了他的生命。何況世上還有多少人就是忘了他的生命，是值得呀！在人生的路上，從幕省一個時期的腳跡，也讓看她的腳跡。

最易後經練的又期調證書了（）一句似乎有失

特別高低手，收筆去。

筆墨都買了，要寫大字。但身子有些不

私人家住一個院又方便。健康主合同，等候來

哈哈很吧！

祝好你！上帝給你健康！

榮子 六月九日

在人生的路上，总算有一个时期在我的脚迹旁边，也踏着他的脚迹。总算两个灵魂和两根琴弦似的互相调谐过。（这几句话在原信上写了又用笔划了，但还看得出来，所以我仍把它照录在这里——萧军附注 一九七八年九月十七日）这一句似乎有点特别高攀，故涂去。（这是萧红原来的附注——萧军）

笔墨都买了，要写大字。但房子有是有，和人家住一个院不方便。至于立合同，等你来时再说吧！

祝好你！

上帝给你健康！

荣子

五月九日

---

①指舒群（1913～1989），原名李书堂，黑龙江哈尔滨人，作家。②指托尔斯泰的小说《安娜·卡列尼娜》。③法国作家罗逊的小说。④俄国作家屠格涅夫的小说。

第 [41] 封 · 女人

北京——上海
（1937年5月11日发）

军：

今晨写了一信，又未寄。

精神不甚好，写了一张大字，写得亦不好，等写好时寄给你一张当作字画。

卢骚的①《忏悔录》快读完了，尽是些与女人的故事。

洁吾家我亦不愿多坐，那是个沉闷的家庭。

我现在的房子太贵，想租民房，又讨厌麻烦。

我看你还是搬一搬家好，常住一个很熟的地方不大好。

昨天下午，无聊之甚，跑到北海去坐了两个钟头。女人真是倒霉，即使逛逛军：

今晨写了一信，又未完。

精神加昌好，写了一张大字，写得亦不好，

等写好时寄你们一张留做字画。

卢骑的回忆录快读完了，尽是坚贞女人的

故事。

环立字测寡亦不愿多坐，那是很沉闷的

家庭。

我现在的方子太贵，想祖民方，又討厌虚

效。

第四十一信 北平寄上海

五月十六日

雙看信還是照一服克姆，常信一個很趣的地方不大好。

昨日天下午，無聊之甚，紀到北海去坐了兩個鐘頭，女人真是倒霉，哪是逛之公園也要還人家左一眼又一眼的看不見一看得不得了。

今天很熱，睡了一覺，這飯館子出來簌乎沒有睡倒，不知為什麼很是服氣呵你們這味。睡了一覺好了。

你要多吃肉菜，因為菜數一定吃得很少。

說好！

  菁子 六月十六

公园也要让人家左一眼右一眼地看来看去，看得不自在。

今天很热，睡了一觉。

从饭馆子出来几乎没有跌倒，不知为什么像是服毒那么个滋味。睡了一觉好了。

你要多吃水果，因为菜类一定吃得很少。

祝好！

荣子

五月十一日

---

①卢骚（1712～1778），亦译作卢梭，法国18世纪的启蒙思想家。

第 [42] 封 · 黑人

北京——上海
（1937年5月15日发，5月17日到）

军：

前天去逛了长城，是同黑人一块去的。真伟大，那些山比海洋更能震惊人的灵魂。到日暮的时候，起了大风，那风声好像海声一样，《吊古战场文》①上所说：风悲日曛。群山纠纷。这就正是这种景况。

夜十一时归来，疲乏得很，因为去长城的前夜，和黑人一同去看戏，因为他的公寓关门太早的缘故，就住在我的地板上，因为过惯了有纪律的生活，觉得很窘，所以通夜失眠。

你寄来的书，昨天接到了。前后接到两次，第一次四本，第二次六本。

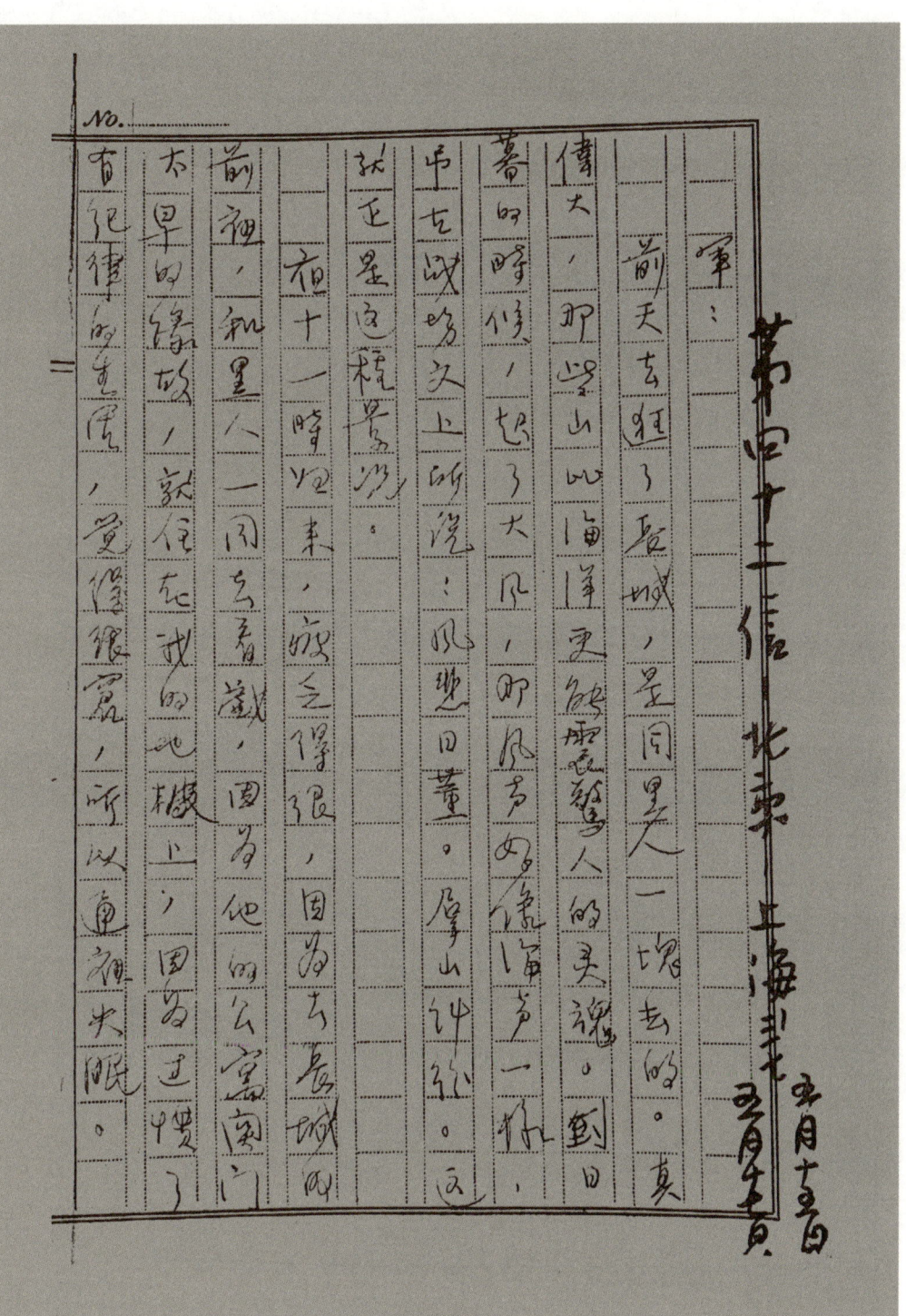

第四十一信 北雷 上海 五月十三日

军：

前天去逛了长城，是同里人一塊去的。真傻的，那些山比海洋更能震惊人的灵魂。到日暮的时候，起了大风，那风声好像谁倒了一杯中古城防火上听说：风趁日暮，吊正是这种景状。

布十一时归来，疲乏得很，因为去长城頂上，所爬的樓梯太早的緣故，和里人一同去看戏，因为他的公宴宮门前祖，就住在戏的地板上，因为过慢了，有纪律的童军，觉得很窘，所以直起大眠。

你寄来的书，陆续接到了，前后接到两次。第一次四本，第二次六本。你来的信也都接到了，最後这面规劝的信也接到了。

我很赞成，你说的是道理，我应该去照做。

祝好！

荣子五月十平安

告诉易弟，这里有在长城上得到的小花，请寄给她几棵。

你来的信也都接到的，最后这回规劝的信也接到的。

我很赞成，你说的是道理，我应该去照做。

祝好！

荣子

五月十五日

奇不另写了，这里有在长城上得到的小花，请你分给她几棵。

---

①唐代文学家李华的散文。

下篇

萧军致萧红

"你是这世界上真正认识我和真正爱我的人！也正为了这样，也是我自己痛苦的源泉。也是你的痛苦的源泉。可是我们不能够允许痛苦永久啮咬着我们，所以要寻求、试验各种解决的法子。就在这寻求和解决的途程中那是需要高度的忍耐，才能够获得一个补救的结果。否则，那一切全得破灭！"

下篇收入的是萧军写给萧红的信，现存的有4封，都写于1937年5月。在这四封信中，我们可以看出萧军的理性，与萧红的感性形成鲜明对比。在爱情中，一个男人开始理性看问题，表明他的爱已经远去。

《第伍章》曾经沧海难为水

"炎热过了,就是秋凉。我现在已近于秋凉状态了,但是我却怕要变成冬天,虽然冬天后头又是春天……"

萧红和萧军六年的感情来之不易,从患难见真情到相互扶持,终于因为各种原因即将分崩离析。萧红,这个一生都在追求真爱却不能得的女人,尽管做了种种努力,但曾经沧海难为水,两人分道扬镳已成定局。

第 [1] 封 · 作诗

上海——北京
（1937年5月2日发）

吟：

前后两信均收到了。你把弄堂的号码写错了，那是二五六，而你却写了二五七。虽然错了也收到。

今晨鹿地夫妇[①]来过，为了我们校正文章。那篇文章我已写好，约有六千字的样子。昨夜他翻好四分之三的样子，明晨我到他们那里去（他们已搬到环龙路来）再校一次，就可以寄出了。其中关于女作者方面，我只提到您和白朗。

秀珂很好，他每天到我这里来一次，坐的工夫也不小。他对什么全感到很浓重的兴趣，这现象很好。江西，我已经不想要他去了，将来他也许仍留上海或去北

小說昨送兩天再寄

第一信

岑：

前給兩信均收到了。你把弄堂的號碼寫錯了，那是二五六，而你卻寫了二五七，並無錯了也收到了。

今晨鹿地夫婦來過，等了我們很久了章。那篇文章我已罵好，約有八千字的樣子，昨晨我則他們那裡去（他們已搬到張敏如家）再校一次，明晨我則他們那裡寄出了。其中罵女作者一面，我祇揀到張能白調。

書珂很好，他每天則我這裡來一次，坐的工

先也不小，他对什麼全感到很讓重的笑趣，连想象很妙。江西，我已经不想要他去了，将来他也许他已等上海或去北平。刻来进一项，你的第一封信她已看见了。今天在電車上碰到了他，哥，还有老太，他们一同去北平公園了，周老太已第天要去漢口。

三十日的晚飯是吃在虹他们家裡，有菲里、老電管、白蘇、她最近也要來北平話病了，問你的地址，吃的春餅。在我進門的時候我說我正不知道，虹罢了，握了我的手，大約这就是豪不知解！

直到十二時，我才歸來。

踏着和福發並行的那條路，我唱着主曲來。天微落着雨。

昨夜，我是唱着歸來，

——孤獨地踏着小雨的大街。

一遍，一遍，又一遍……

全是那一個曲調：

"我心殘缺……"

我是要笑的……

可是淚落了，伯奢擾了別人，

平。奇来过一次，你的第一封信她已看过了。今天在电车上碰到了她、明，还有老太太，她们一同去兆丰公园了，因为老太太（过）几天要去汉口。

三十日的晚饭是吃在虹②他们家里，有老唐③、金④、白薇⑤（她最近也要来北平治病了，问你的地址，我说我还不知道）。吃的春饼。在我进门的时候，虹紧紧握了我的手，大约这就是表示和解！直到十二时，我才归来。

踏着和福履路并行的北面那条路，我唱着走回来。天微落着雨。

昨夜，我是唱着归来，

——孤独地踏着小雨的大街。

一遍，一遍，又一遍……

全是那一个曲调：

"我心残缺……"

我是要哭的……

可是夜深了，怕惊扰了别人，

所以还是唱着归来：

"我心残缺……"

我不怨爱过我的人儿薄幸，

却自怨自己的痴情！

吟，这是我作的诗，你只当"诗"看好了，不要生气，也不要动情。

在送你归来的夜间，途中和珂还吃了一点排骨面。

"所以还是唱着回来:

"我心残缺……"

我不是爱这我的人兄等待,

却自怨自己的凝情!

"哼,这是我作的诗,你只当译着好了,不要
生气,也不要动情。"

在送你归来的途中,逢中敢玩还吃了一颗批
杷画。回来在日记册上我写了下面这句话:

"这是夜间的一时十分。

她走了,送她回来,我看着那空旷的床,我是真的爱我的人。但是她走了……"

哎,但是没有说,我知道,世界上只有她才是真正爱我的人。但是她走了……

吟,你接到这封信,不要惦记我,此时我已经安享冥福了。不过这次是她难她思爱过

来了!格今我已经享受了接受爱情苦,我里没有唱了。买菜实不好,鼻子烧破了在我的小床边摆艺,排着一列小酒瓶,其中两

个瓶里还有酒,但是我已不再勒它们。我为什

應要毀滅我自己吧？我決定這一次對抗那種的誘惑：哼，這兩次戀愛——一個少女，一個少婦！她們給我的創痛，我手發滅了我呀！我真有點戰慄着將來……因拴贵，我已經不想再向他們了，撥些去追一封信，教他把經手的事務揮走结。大伯這些睡日，他們會看信来。偶尔我也吃一兩枝点烟。周愛既我不别，就不名我了。飽芒有调安，他说会幫助你一切的，這使我東安心些。好了安心創作吧，不要進急。我名须要探着我領共回来在日记册上我写了下面几句话：

"这是夜间的一时十分。

"她走了！送她回来，我看着那空旷的床，我要哭，但是没有泪。我知道，世界上只有她才是真正爱我的人。但是她走了……"

吟，你接到这封信，不要惦记我，此时我已经安宁多了。不过，过去这几天是艰难地忍受过来了！于今我已经懂得了接受痛苦，处理它，消灭它……酒不再喝了（胃有点不好，鼻子烧破了）。在我的小床边虽然排着一列小酒瓶，其中两个瓶里还有酒，但是我已不再动它们。我为什么要毁灭我自己呢？我用这一点对抗那酒的诱惑！

吟，我这有过去两次恋爱——一个少女，一个少妇——她们给我的创痛，亲手毁灭了我呀！我真有点战栗着将来……关于黄，我已经不想闻问他们了，只是去过一封信，教他把经手的事务赶快结清。大约过些时日，他们会有信来。

偶尔我也吃一两支香烟。

周处既找不到，就不必找了。既然有洁吾，他总会帮助你一切的，这使我更安的時日書刊上海的。因為我一走訪更頻著瓶箏了。你走後的第二天早晨，就有一個日本女世界語學者來拜你，正有一個男人（由早新畫畫的，秦比二）陪他來的。非常客氣的介紹信，他址是我們樓下姓殷的說的。現在知道那地址的人，大約不少了，很是也由它去罷。

4.
日本評論（五月號）載有完稅我的一段文章，你可以到日軍書局翻看之乙（小田獄夫論）

No.
花籃你走後是每天澆水的，可是最近告了五六天，它就憔悴了，今天我又澆了它，祝在是救在门边的小櫈上晒太阳。小屋是没什么好玩的，远近，人一离开，就觉得什么全珍贵了。

我有时也到鹿地家坐了，许哪裡也去坐了，也看了电影，再过两天，我得计划工作了。

夏天我们还是到青岛进去。

有没有话寄和阿罗美信，查得他们失望。

今天是星期日，好容易雨不落了，出来走走。这封信原拟用航空寄出，下一次发光金水不名用航空了。你远知道的金骂出来了。

祝你回多多天星期，还是不要寄吧。

你的小海狸
五月二日

飞得真新的快乐！

心些。好好安心创作吧，不要焦急。我必须按着我预定的时日离开上海的。因为我一走，珂更显着孤单了。你走后的第二天早晨，就有一个日本女世界语同志来寻你，还有一个男人（由日本新回来的，东北人），系由乐⑥写来的介绍信，地址是我们楼下姓段的说的。现在知道我地址的人，大约不少了，但是也由它去吧。

《日本评论》（五月号）载有关于我的一段文章，你可以到日本书局翻看翻看（小田岳夫作）。

花盆你走后是每天浇水的，可是最近忘了两天，它就憔悴了。今天我又浇了它，现在是放在门边的小柜上晒太阳。小屋是没什么好想的，不过，人一离开，就觉得什么全珍贵了。

我有时也到鹿地处坐坐，许那里也去坐坐，也看看电影。再过两天，我将计划工作了。

夏天我们还是到青岛过去。

有工夫也给奇和珂写点信，省得他们失望。

今天是星期日，好容易雨不落了，出来太阳。

你要想知道的全写出来了。这封信原拟用航空寄出，因为今天星期，还是平寄吧。

祝你获得点新的快乐！

你的小狗熊⑦

五月二日

---

①日本进步作家鹿地亘和池田幸子。②罗烽。③唐豪，律师。④金人，翻译家。⑤白薇，女作家。⑥"乐"，指枭家日宣，上海世界语者协会负责人。⑦萧红给萧军起的绰号，形容萧军笨而壮健。

第[2]封 · 方法

上海——北京
（1937年5月6日发）

哈：

我想到今天会有你的信来，果然在我一进门，在那门旁的镜台边站着一封信，那是我的。

几乎成了习惯，在我一回来或是一出去，总要掀一掀门上的信柜盖，也明知道有信是不放在那里的，或者已经过了来信的时候……但是总要掀……甚至对于明知不是自己的信，也要拿起看一看。

现在是下午两点三十五分。我将从许那里归来。好容易晴了两天，今天又落起雨来，因为怕湿了这仅有的一双鞋子和新衣服，便坐了一次车。

第二信

玲：

我想明天会有你的信来，果然死我一进门，在那门旁的镜台上立站着一封信，那是我的。

第一个习惯，在我一回来或是一出去，总要掀一掀门上的信橱看一看，也明知道有信是不发要掀的，或者也许是另一封信……但是呢…甚至对於期望不是自己的信，也要掌握要之看。

很远是要离三十五天。我将怎样渡过那些时日来。

好差不多了两天，今天又落起雨来，因为怕强了这儿买的一双鞋子和新衣服，便坐了一次车。经搬到这里，这是第一次坐车回家呢。许有三册书，由我们给训一次印刷后付印，我狠便接一次校样，还看一类抄录的工作，今天我把何介给去了，他不死抓礼抄录。阿的吃男强真卖一段苦了，那个报馆说正有一线希望，不还我的意思如果他不单意在上海住下去，那就去北平。九江，我想那是用不着会的，那对於他不相直。强死还没决走。刻他们狠好，民已加入了一個剧团，已有了角色（钦差大臣中的市会之长）看样子他很满意。宝已搬到了他们一起，住在宝儿的那间房子。那天晚饭我在那里吃的，围绕着名古老的寺晓云漢上。莉的毕业辞了。里也去北平了。

自从前封信说给你，我不再唱进了，现在正是改唱。那莉姆的姐还是摆花柳里，我付抬它们不再感到兴味。现在却偶名色独一枚烟，竟译抽烟的时候好情张安事。

心绪已不像从前那样颓乱！晚笑来还有工作代要，即有一种要工作的欲望，瞎至莉工在从搬到这里，这还是第一次坐车回家呢。

许有三册书①，由我介绍到一家印刷局付印，我担任校一次校样，还有一点抄录的工作。今天我把珂介绍去了，他正在那里抄录。

珂的世界语算告一段落了，那个报馆据说还有一线希望，不过我的意思如果他不乐意在上海住下去，那就去北平。九江，我想那是用不着去的，那对于他不相宜。现在还没决定。

奇他们很好，民已加入了一个剧团，他已有了角色（《钦差大臣》②中的商会会长），看样子他很满意。金已搬到了他们一起，住在黑（人）住过的那间房子。昨天晚饭我在那里吃的面条。老太太当晚去汉口，莉的职业辞了。黑也去北平了。

自从前封信说给你，我不再喝酒了，现在还是没喝。那剩余的酒还是摆在那里，我对于它们不再感到兴味。现在却偶尔也抽一支烟，觉得抽烟的时候情绪很安宁。

心情已不像前几天那样烦乱！几天来虽没有工作什么，却有一种要工作的欲望，时时刻刻在激动着我。但是我要保留着它们到激动着我，但是我要保留着它们到夜晚，现在正不想做什么。

我日来我抱着那般精神没法在读书礼。子在读托尔斯太的安娜，卡列尼娜！这真是一部好书，它已经卖给我了！那裡面的琉倫斯基，好像在罵我，要死我没看他那样埋怨你。

如今我已经有了一個路理自己的方法。

画一瞬眼（這時候是一切惡念的開端，它會擾亂了我的耳朵！）我就說：「我要健康，我要快樂，我要勞動，我要生活，我要作下去……」。接着看畫夏天热还能坐的住吗起来，恢复我原来不曾间断的早晨做室内运动。完了我去洗脸，而後去公园也许八点或八点半钟那里也许五点开了，要一盅红茶，也许吃一小包萝卜乾，就开始读书或写点笔记了。也有时看疲倦时看着眼前的孩子们这样继续到十二点去吃午餐。饭後也许回来睡了，也许办公务。临睡之前说一个舍纪录，而後再读书到十二点，也是说着；"我要健康，我要快乐，我要安祥！我要生活，，也就入睡了。当然有时也想到你……这是很邪惡的想法！有時也彈之那隻又琴。搖之唱之自己所會的歌。彈琴我已不用那個彈法了（用一隻鏡一樣鏡子似的摸着，現在我已能試驗着手指按弦了。

這樣我一天便過了什麼似的……真正我要搏什麼我正是很愛想，真的我的想像力全不能想了，我正是愈逼走想，逼到無奈之境為止。比方一隻走她逼不去談正開，壓制害有害的。比方一隻走她逼不去，就任她跑好了，到力盡的時候，自至她倒下停止了。我還在的感情還是很不好，但青岛,现在还不想做什么。

几日来我把整部的精神沉浸在读书里,正在读托尔斯泰的《安娜·卡列尼娜》。这真是一部好书,它简直迷惑了我!那里面的渥伦斯基,好像是在写我,虽然我没有他那样漂亮。

如今我已经有了一个治理自己的方法:早晨一睁眼(这时候是一切意念的开端,它会扰乱了整日的安宁!)我就说:"我要健康,我要快乐,我要安宁,我要生活,我要工作下去……"接着毫不拖延地就爬起来,恢复我原先不曾间断过的室内运动。完了就去洗脸,而后去公园(也许八点或八点半钟)。那里水池边新开了一个茶馆,要一杯红茶,也许吃一小包葡萄干,就开始读书或写点笔记了。也有时看跑叫着的孩子们……这样继续到十二点去吃午饭。饭后也许回来睡睡,也许去办办事务。临睡之前洗一个冷水澡,而后再读书到十二点,也是说着:"我要健康,我要快乐,我要安宁,我要生活……"就入睡了。当然有时也想到你……(这是很邪恶的想法!)有时也弹弹那只琴。轻轻唱唱自己所会的歌。弹琴我已不用那个老法了(用一块铁,像瞎子似的摸着),现在我已能试验着手指按弦了。

这样我一天便没了什么波动……当然,我要想什么,我还是尽量想,甚至我的想象力全不愿想了,我还是催迫它想……直到它实在乏疲为止。我知道这不应该压制,是我们应该珍惜它们，这是给与我们艺术的人很宝贵的贡献。读这里我们会理解人类心理变化的过程，我秘诀也要知道的时候就好了。万一忘记了，就得去的信再，我就把它们还日正时地记录下来。还是看看用的。

大约在这几日以前我是预备开此地的。

还不是现在，我们又习惯了。这要现在安下心好工作罢，那时我要看看你的成绩啦。

在这岁月中，我要翻译同许把纪念册发那三本书再爱，真读点书，恐怕就没有什么成读之必压制是有害的。比方一匹马它要跑，就任它跑好了，到力尽的时候，自然它要停止了。我现在的感情虽然很不好，但是我们正应该珍惜它们，这是给予我们从事艺术的人很宝贵的贡献。从这里我们会理解人类心理变化真正的过程！我希望你也要在这时机好好分析它，承受它，获得它的给予，或是把它们逐日逐时地记录下来。这是有用的。

大约在七月十日以前，我是可以离开此地的。还不足两月，我们又可以再见了。注意，现在安下心好好工作吧，那时我要看您的成绩咧。

在这两月中，我要帮同许把纪念册③及那三本书弄完，再读点书，恐怕就没有什么成绩可出了。

有时我也要静静地躺在大床上（我已不在小床上睡了）。从玻璃看着窗外的天和黄杨树，那只要有一点风就闪颤不定的叶子们，心里很安宁。最近报上有人说，女人每天"看天"一小时，一个星期会变得婴儿似的美丽！我并不是想美丽，只是觉得心很安宁、恬静！你也可以这样试试了。

有時我也要靜一靜的躺在大床上（圍巾子起一个小床上睡了，隔玻璃看着窗外的天和電線桿，那只要看一点風說的夢了似的，心裡很安靜。最近報上有人說，中國女人每天看不到一小時一個星期會更健變更瘦的美麗！我想不要想美麗，瓶星要瘦心很安靜，端靜！你也可以这样試一看。也試了無光早晚我所說的那樣讀，這星心裡都悟出，不是連信感批著。

一群信覺罵了还半天稿紙了，这么果安事

又要责骂，要孩子以卖到六元钱呢！信纸寄点看，但我却不忍恶用完，喜欢用稿低写。这是习惯。

你可以计划你的长篇或印象记，岁月之中总要写些出卖的。如果你有机会，我一个地方跑过两小时，打侗琉或是什么，运动罐头可以给瘸长婆。

近封信是坐在床边小围桌上写的，因为这裡军勤一向比较好的房子，自己住一个无砖的一扇窗子被我甫了，比较外实际没汽条。不靠组一

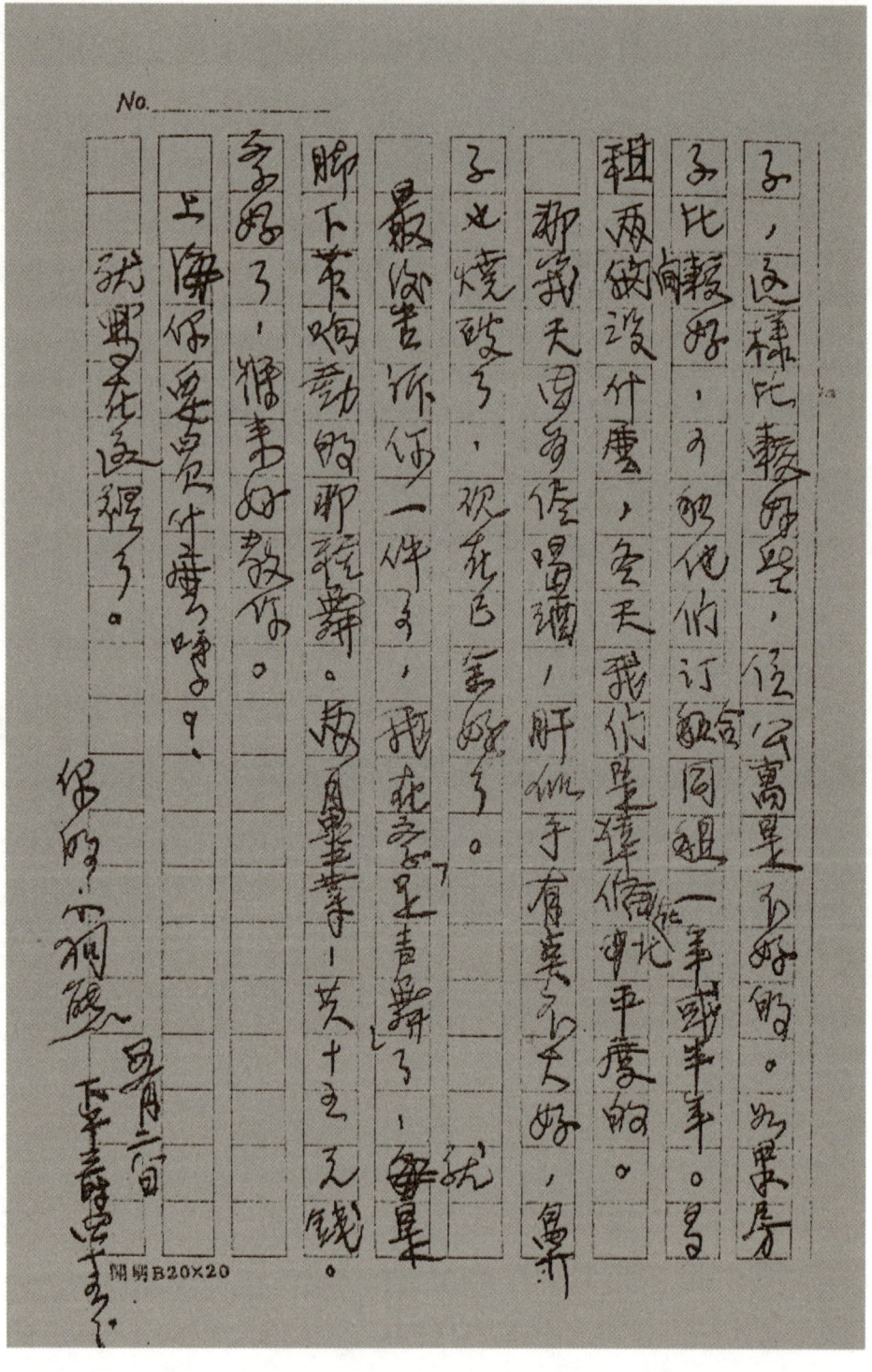

看。也试试每天早晚我所说的那样话，这是心理治疗法，不是迷信或扯淡。

一封信竟写了近乎五页稿纸了，这如果要当文章卖，是可以卖到六元钱呢！

信纸虽然有，但我却不乐意用它，喜欢用稿纸写。这是习惯。

你可以计划你的长篇或"印象记"了。两月之中总可以写一点的。如果你有机会，找一个地方每天运动一两小时，打网球或是什么。运动确是可以治疗寂寞。

这封信是坐在床边小圆桌上写的。因为这里的一扇窗子被我开开了，比较外屋要凉爽。

还是租一间比较好的房子，自己雇一个老妈子，这样比较好些，住公寓是不好的。如果房子比较好，可和他们订合同租一年或半年。多租两间没什么，冬天我们是准备在北平度的。

那几天因为尽喝酒，肝似乎有点不大好，鼻子也烧破了，现在已全好了。

最后告诉你一件事，我在学"足声舞"了，就是脚下带响动的那种舞。两月毕业，共十五元钱。学好了，将来好教你。

上海你要买什么吗？

就写在这里了。

你的小狗熊

五月六日下午三时四十五分

---

①指鲁迅遗著《且介亭杂文》《且介亭杂文二集》《且介亭杂文末编》。②俄国作家果戈理的讽刺喜剧。③指《鲁迅纪念集》。

第[3]封 · 宽慰

上海——北京
（1937年5月8日发）

孩子：

接到你的信，就想写回信，金人来，耽误下了。你的第三封信也收到了，我给你的信（第二封），今天也该收到了吧？收到这封信，我想你的情绪一定会好一些。

前两天寄去的四本书，不知收到没有？今天你要的书，明后天我就寄给你。

我正在校《十月十五日》①的校样，今夜大约可校完。吃过晚饭以后，我预备去看《无国游民》影片。

你不必永在批判自己，这是没有用的，任它自然淹着去就是。如你所说：炎热过了，就是秋凉。我现在已近于秋凉状态了，但是我却怕要变成冬天，虽然冬天后头又是春天……

第三封信

璨子：

接到你的信，就想写回信，等人来，就送下了。你的第三封信也收到了，我给你的信（第二封）收到这封信，我想你的情绪一定好多一些。

前两天寄去的四本书，不知收到没有？今天你寄来的书，明的天我就寄给你。

我子在校十月二日转，今年不好了校它我预备去看无国通电影院。

吃过晚饭以后，这是没有用的，任家

你不要永在批判自己，

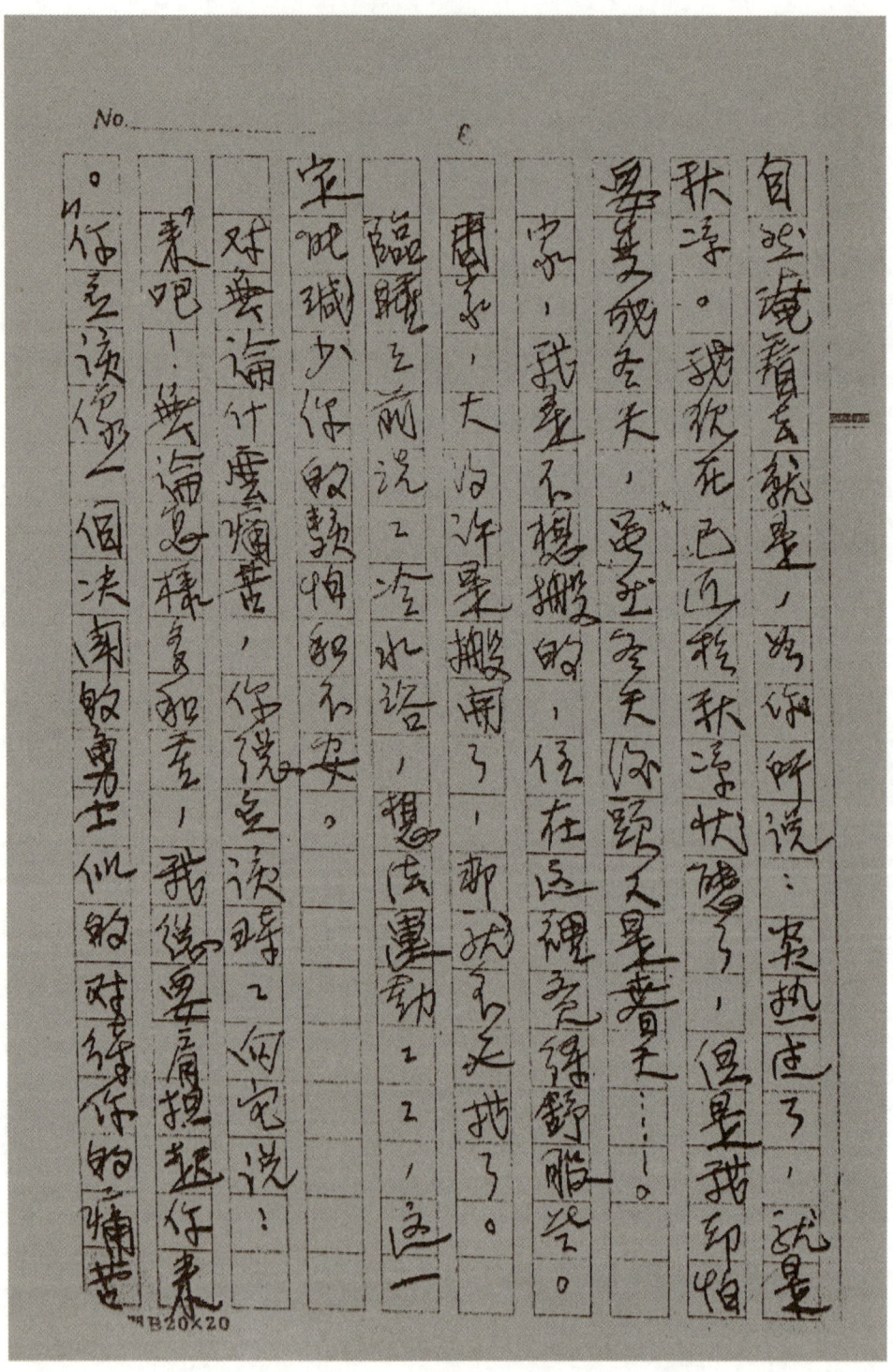

自然还是就是,她听说:衰热走了,就是秋凉。我欢死巴巴的秋凉快点到了,但是我却怕冷的死去失,受不住今天冷路又是看天的字,我是不想搬的,住在这里又强舒服些。

雷雨,太阳许是搬南了,那就不是我了。

睡醒之前说之冷水沿,想法运动之之,这一

定比喊少你的头响却不安。

对要论什么烦苦,你说之这样之何定说:

来吧!无论怎样多艰苦,我都要肩担起你来

。你是该像一个决冲敢勇士似的对待你的痛苦家，我是不想搬的，住在这里觉得舒服些。

周家，大约许是搬开了，那就不必找了。

临睡之前洗洗冷水浴，想法运动运动，这一定能减少你的骇怕和不安。

对无论什么痛苦，你总应该时时向它说："来吧！无论怎样多和重，我总要肩担起你来。"你应该像一个决斗的勇士似的对待你的痛苦，不要畏惧它，不要在它面前软弱了自己，这是羞耻！人生最大的关头，就是死，一死便什么全解决了。可是我们要拿这"死的精神"活下去！便什么全变得平凡和泰然。只要你回头一想想，多少波涛全被我们冲过来了。同样，这眼前无论什么样的艰苦的波涛，也一样会冲过去，将来我们也是一样地带着轻蔑和夸耀的微笑，回头看着它们——现在就是需要忍耐。要退一步想，假设现在把你关进监牢里，漫漫长夜，连呼吸全没了自由，那时你将怎样？是死呢？还是活下来？可是我见过多少人，他们从黑发转到白发，总是忍耐地活下来……

，不必裏懼死，不必在死面前軟弱了自己，這是羞恥！人生最大的盡頭，就是死，一死便什麼全解決了。可是我們要掙返死的精神話下去！便什麼至要得平凡的來到。只要你囘頭一想，2，多麼殘酷我們循這來了，同樣，返眼前無倫什麼樣的艱苦的波濤，也一樣會循遖去，將來我們也是一樣的笑着輕萬孤傷耀的傲笑，囘頭看着死們。——現在麼？就是需要忍耐，要過一步想，假設死把你囚進牢裡，還是長直，連呼吸全沒了自由，那時你怎么樣的，是

第伍章·曾经沧海难为水

就喂。正是话下来？又是我见这么多人，他们这里要特别白费，总是忍耐地活下来……。因为我不想死在这里说我的道理，那样你又要说我不了解你，教训你，你是自尊心很强到的人。你又说说你的苦海，全是我的错要……现死去来教训你呀？……但是我的痛苦，我又怎来解释呢？我心好说了这是我做自受！自作自受呀……我不想再找这些原因。理身去吃……。前信看过这，你是这世界上真了解谢我知真乙爱我的人！也不为了这样，也是我自己痛苦

No. 3.

的源泉。也是你的痛苦的源泉。可是我们不能够久许痛苦永久噬咬着我们，所以要寻求、试验各种解决的法子。况在这寻求和解决的过程中却是需要高度的忍耐，才能够获得一个补救的佳果。孟烈，那一切全得破灭！你也许会说破灭倒比忍受坚忍，不是我是不这样想的，凡我远云淡寻求一个解决的办法，这才是人的责任何谓理性的动物。孟烈，由宋起眼睛想要不看一切，坠堕一切……结果是发一切好红眼，而把有色毁灭了。死了不能用达人的建设的感情来因为我不想在这里说我的道理，那样你又要说我不了解你，教训你，你是自尊心很强烈的人。你又该说你的苦痛，全是我的赠与等，现在反来教训你等等。但是我的痛苦，我又怎来解释呢？我只好说这是我"自作自受"，自家酿酒自家吃……我不想再推究这些原因。

前信我曾说过，你是这世界上真正认识我和真正爱我的人！也正为了这样，也是我自己痛苦的源泉。也是你的痛苦的源泉。可是我们不能够允许痛苦永久啮咬着我们，所以要寻求、试验各种解决的法子。就在这寻求和解决的途程中那是需要高度的忍耐，才能够获得一个补救的结果。否则，那一切全得破灭！你也许会说破灭倒比忍受强些，不过我是不这样想的。凡事总应该寻求一个解决的办法，这才是人的责任，所谓理性的动物。否则闭起眼睛想要不看一切，逃避一切……结果是被一切所征服，而把自己毁灭了。凡事不能用诗人的浪漫的感情来处理，这是一种低能處理，這是一種低能的、軟弱的表現！自尊心強烈的人是不這樣的。

我要用這種方法來試驗著減輕我的痛苦，說在很成功了。我希望你不要來和我談，要作一個能操縱、解決、把握自己一切的人。不要如此無能！要學我，忍耐的聽我力的源泉。神經建康的人是不輕躁的。要沉靜下自己的感情，準備對付一切這些！

我的感情比你要危險得多，但是我想這處理它，要受一種說更愛，可是慢了我說要把的、软弱的表现！自尊心强烈的人是不这样的。

我是用诸种方法来试验着减轻我的痛苦，现在很成功了。我希望你不要"束手无策"，要做一个能操纵、解决、把捉自己一切的人。不要无力！要寻找，忍耐地寻找力的源泉。神经过度兴奋与轻躁，那是生活不下去的，要沉潜下自己的感情，准备对一切应战！

我的感情比你要危险得多，但是我总是想法处理它，虽然一时难忍受，可是慢慢我总要把它们纳入轨道前进。

我在人生的历程上所遭到的危害，总要比你多些。可是我是乐观的，随处利用各种环境，增加我的力量，补充我自己的聪明。就是说：我有勇气和力量杀得进，也杀得出，这样，人生的环境所以总也屈服不了我。你有时也要笑我的愚笨，不合理……正因为这样，所以我才能顽强地生活着。

宪似驶入轨道前进。

我在人生的历程上所遭到的厄运，总要比你多些，可是我总不灰心的，随变利用各种环境，增加我的力量，补充我自己的聪明。我是说：我有勇气和力量奋斗着，也能得出，这样人生的环境所以能也屈服了我。你有时也要笑我的愚笨，不合理？可因为这样，所以我才能顽强的生活着。

人常之极其自己的缺点是要的，蒙蔽自己的长处也是不要的。人有缺点，我是赞成补充

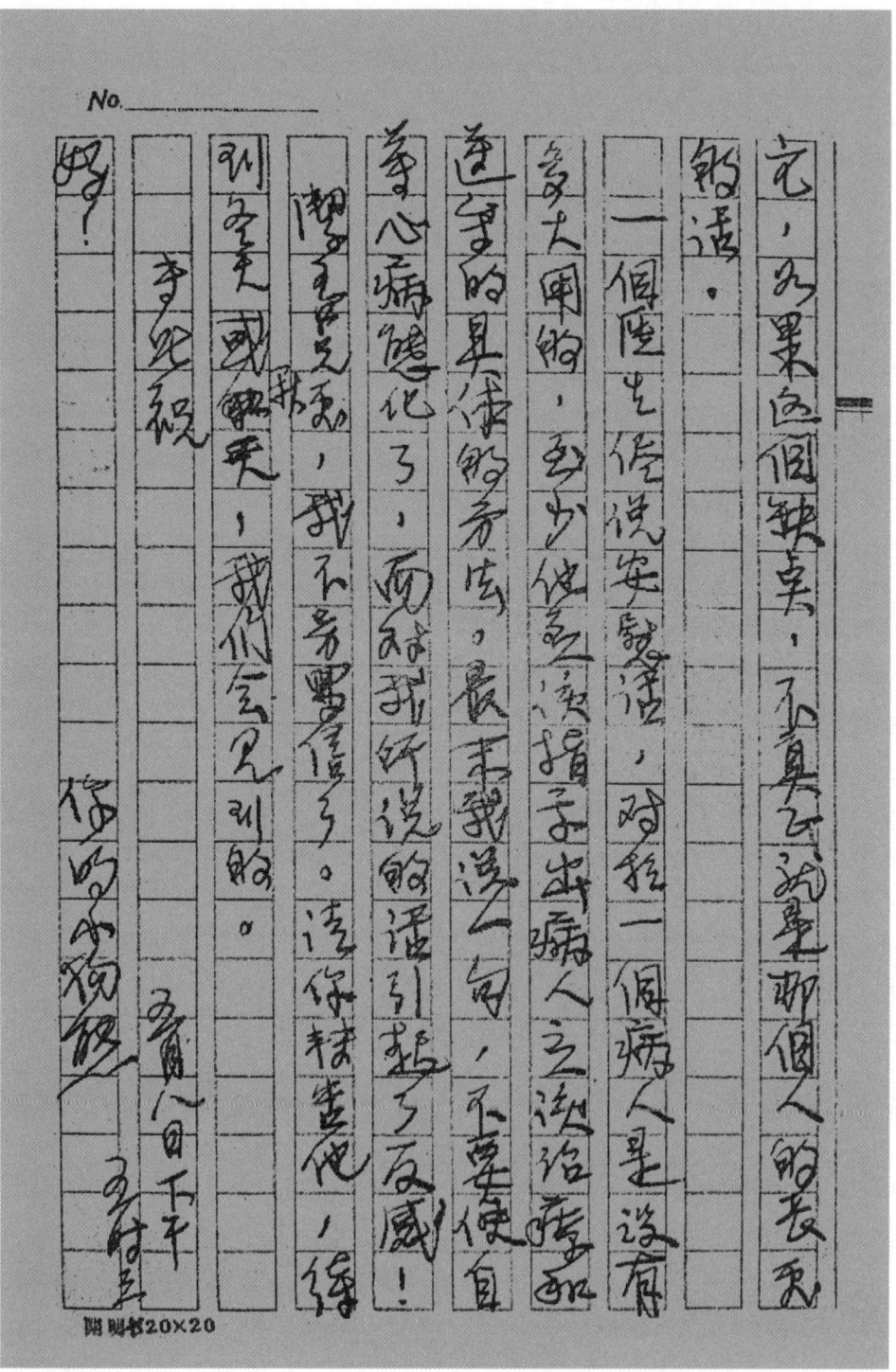

人常常检点自己的缺点是必要的，发展自己的长处也是必要的。人有缺点，我是赞成补充它，如果这个缺点，不真正就是那个人的长处的话。

一个医生尽说安慰话，对于一个病人是没有多大用的，至少他应该指示出病人应该治疗和遵守的具体的方法。最末我说一句，不要使自尊心病态化了，而对我所说的话引起了反感！

洁吾兄处，我不另写信了。请你转告他，待到冬天或秋天，我们会见到的。

专此祝

好！

你的小狗熊

五月八日下午五时三十分

---

①指萧军的散文、小说集。

第[4]封 · 来沪

上海——北京
（1937年5月12日发）

吟：

　　来信收到。我近几夜睡眠又不甚好，恐又要旧病复发。如你愿意，即请见信后，束装来沪。待至六月底，我们再共同去青岛。

　　即祝

　　近好。

　　本欲拍电给你，怕你吃惊，故仍写信。

军上

五月十二日夜

不必要书物，可暂寄洁吾处。

茅四信

屹：

来信收到。我正患疫睡眠又不甚好，咯又要舊疫復萎。如你颇惡，即速見信後，来黨来評。候至六月底，我們再共同去青島。即祝

近好。

本颉拍電給你，怕你吃驚，故仍寫信。

軍上 二月十二復

不怎要書箱，可帶幾本來亲。

附录

《苦杯》和《沙粒》是萧红的手抄诗之一，珍藏于北京鲁迅博物馆。其中《苦杯》萧红生前没有发表过，是20世纪80年代发现的。这些诗歌反映了萧红的内心情感和真实心境，也反映出她对与萧军情感的思考。其中一些句子："理想的白马骑不得，梦中的爱人爱不得。""什么最痛苦，说不出的痛苦最痛苦。"已经成为经典名言。

　　此外，还收录了一封萧红在日本得到鲁迅先生逝世的消息后，写给萧军的信。这封信原载于《中流》，后收入于《鲁迅纪念集》篇目悼文中。

I 苦杯①

一

带着颜色的情诗,

一只一只写给她的,

像三年前他写给我的一样,

也许情诗再过三年他又写给另外一个姑娘!

二

昨夜他又写了一只诗,

我也写了一只诗,

他是写给他新的情人,

我是写给我悲哀的心的。

三

感情的账目,

要到失恋的时候才算的,

算也总是不够本。

四

已经不爱我了吧！

尚与我日日争吵，

我的心潮破碎了，

他分明知道，

他又在我浸着毒一般痛苦的心上，

时时踢打。

五

往日的爱人，

为我遮避暴风雨，

而今他变成暴风雨了！

让我怎来抵抗？

敌人的攻击，

爱人的伤悼。

六

他又去公园了，

我说：

"我也去吧。"

"你去做什么！"他自己走了。

他给他新情人的诗说：

"有谁不爱个鸟儿似的姑娘！"

"有谁忍拒绝少女红唇的苦!"

我不是少女,

我没有红唇了,

我穿的是从厨房带来油污的衣裳。

为生活而流浪,

我更没有少女美的心肠,

他独自走了,

他独自去享受黄昏时公园里美丽的时光。

我在家里等待着,

等待明朝再去煮米熬汤。

七

我幼时有一个暴虐的父亲,

他和我的父亲一样了!

父亲是我的敌人,

而他不是,

我又怎样来对待他呢?

他说他是我同一战线上的伙伴。

八

我没有家,

我连家乡都没有,

更失去朋友，

只有一个他，

而今他又对我取着这般态度。

九

泪到眼边流回去，

流着回去侵食我的心吧！

哭又有什么用！

他的心中既不放着我，

哭也是无足轻重。

十

近来时时想要哭了，

但没有一个适当的地方；

坐在床上哭，怕他看到；

跑到厨房里去哭，

怕是邻居看到；

在街头哭，

那些陌生的人更会哗笑。

人间对我都是无情了。

十一

说什么爱情！

说什么受难者共同走尽患难的路程!

都成了昨夜的梦,

昨夜的明灯。

---

① 《苦杯》和《沙粒》这两首诗摘编自夏晓静编《北京鲁迅博物馆馆藏萧红史料》,春风文艺出版社,2020年6月版。

II 沙粒

一

七月里长起来的野菜,

八月里开花了。

我伤感它们的命运,

我赞叹它们的勇敢。

二

我爱钟楼上的铜铃;

我也爱屋檐上的麻雀,

因为从孩童时代它们就是我的小歌手啊!

三

我的窗前结着两个蛛网,

蜘蛛晚餐的时候,

也正是我晚餐的时候。

四

世界那么广大!

而我却把自己的天地布置得这样狭小!

五

冬夜原来就是冷清的,

更不必再加上邻家的筝声了。

六

夜晚归来的时候,

踏着落叶而思想着远方。

头发结满水珠了!

原来是个小雨之夜。

七

从前是和孤独来斗争,

而现在是体验着这孤独。

一样的孤独,

两样的滋味。

八

本也想静静地工作,

本也想静静地生活,

但被寂寞燃烧得发狂的时候，

烟，吃吧！

酒，喝吧！

谁人没有心胸过于狭小的时候。

九

绿色的海洋，

蓝色的海洋，

我羡慕你的伟大，

我又怕你的惊险。

十

朋友和敌人，

我都一样的崇敬，

因为在我的灵魂上，

他们都画过条纹。

十一

今后将不再流泪了，

不是我心中没有悲哀，

而是这狂妄的人间迷惘了我了。

十二

和珍宝一样得来的友情，

一旦失掉了，

那刺痛就更甚于失掉了珍宝。

十三

我的胸中积满了沙石，

因此我所想望的只是旷野，高天和飞鸟。

十四

烦恼相同原野上的春草，

生遍我的全身了。

十五

走吧！

还是走。

若生了流水一般的命运，

为何又希求着安息！

十六

蒙古的草原上，

和羊群一同做着夜梦，

那么我将是个牧羊的赤子了。

十七

眼泪对于我，

从前是可耻的，

而现在是宝贵的。

十八

东京落雪了，

好像看到千里外的故乡。

十九

月圆的时候，

可以看到；

月弯的时候，

也可以看到；

但人的灵魂的偏缺，

却永也看不到。

二十

生命为什么不挂着铃子？

不然丢了你，

怎能感到有所亡失。

二十一

还没有走上沙漠,

就忍受着沙漠之渴,

那么,

既走上了沙漠,

又将怎样?

二十二

理想的白马骑不得,

梦中的爱人爱不得。

二十三

海洋之大,

天地之广,

却恨各自的胸中狭小,

我将去了!

二十四

当野草在人的心上长起来时,

不必去铲锄,

也绝铲锄不了。

二十五

想望得久了的东西,

反而不愿意得到,

怕的是得到那一刻的战栗,

又怕得到后的空虚。

二十六

可厌的人群,

固然接近不得,

但可爱的人们也正在可厌的人群之中。

若永远躲避着脏污,

则又永远得不到纯洁。

二十七

可怜的冬朝,

无酒亦无诗。

二十八

什么最痛苦,

说不出的痛苦最痛苦。

二十九

失掉了爱的心板,

相同失掉了星子的天空。

三十

野犬的心情我不知道,

飞到异乡去的燕子的心情我不知道。

但自己的心情,

自己却知道。

卅一

此刻若问我什么最可怕?

我说:

泛滥了的情感最可怕。

卅二

偶然一开窗子,

看到了檐头的圆月。

卅三

人在孤独的时候,

反而不愿意看到孤独的东西。

卅四

我本一无所恋,

但又觉得到处皆有所恋,

这烦乱的情绪呀!

我咒诅着你,

好像咒诅着恶魔那么咒诅。

卅五

从异乡又奔向异乡,

这愿望该多么渺茫!

而况送着我的是海上的波浪,

迎接着我的是异乡的风霜。

卅六

只要那是真诚的,

哪怕就带着点罪恶,

我也接受了。

Ⅲ 一封佚信

东京——上海
（1936年10月24日发）

军：

关于周先生①的死，二十一日的报上，我就渺渺茫茫知道一点，但我不相信自己是对的，我跑去问了那唯一的熟人，她说："你是不懂日本文的，你看错了。"我很希望我是看错，所以很安心地回来了，虽然去的时候是流着眼泪。

昨夜，我是不能不哭了。我看到一张中国报上清清楚楚登着他的照片，而且是那么痛苦的一刻。可惜我的哭声不能和你们的哭声混在一道。

现在他已经是离开我们五天了，不知现在他睡到哪里去了？虽然在三个月前向他告别的时候，他是坐在藤椅上，而且说："每到码头，就有验病的上来，不要怕，中国人就专会吓唬中国人，茶房就会说：验病的来啦！来啦！……"

我等着你的信来。

可怕的是许女士②的悲痛,想个法子,好好安慰着她,最好是使她不要静下来,多多地和她来往。过了这一个最难忍的痛苦的初期,以后总是比开头容易平伏下来。还有那孩子,我真不能够想象了。我想一步踏了回来,这想象的时间,在一个完全孤独了的人是多么可怕!

最后你替我去送一个花圈或是什么。

告诉许女士:看在孩子③的面上,不要太多哭。

红

十月二十四日

---

①指鲁迅。②指许广平。③指周海婴。

出版后记

1.本书收入了萧红写给萧军的情书四十三封（含佚信一封），同时还收入了萧军写给萧红的信四封，以及萧红的部分诗歌。

2.特别感谢萧军先生后人授权本书使用萧军写给萧红的四封信及其手稿。

3.这些书信写于20世纪三四十年代，鉴于当时民国时期的特殊情况，一些遣词造句、语法、表达结构、人名地名之类的翻译等与现在的写法、用法等有或多或少的差别，比如，身分和身份、原故和缘故、那和哪、象和像等；还有个别可能由于疏忽等原因漏字的，如什（么）、非（常）、什么地（方）等。在编辑过程中，我们尽量遵照手稿的原貌，对这些问题全部保留原汁原味。目的是力图为读者还原萧红萧军书信手稿的真面目。但为了适应当前语言文字阅读习惯和图书出版编校质量要求，我们也适当做了必要的技术处理，特别是"的、地、得"和标点符号的使用等。

4.为了便于读者阅读，我们根据信的内容，为每封信都加了一个标题。

5.百密一疏，信中有些文字或许在当年的手稿中就无法识别出来，或者识别出来仍有很多存疑之处。编注者和编辑后期已尽最大努力去识别。如有认错的还请方家指正。

6.此次出版书中收入的萧红情书手稿不全，因为当时种种因素，一些信件遗失了。我们一直致力于搜集关于萧红的更多书信及其原件，若您手中有这类原件，烦请跟我们联系，不胜感谢！

7.上述处理方式若有不妥之处，敬请批评指正。"美丽情书"系列是一个成长中的图书出版项目，我们一直在探索和实践"原汁原味反映民国大师情书原貌"和"当下语言文字阅读习惯与编校质量要求"两者之间平衡的"最优解决方案"，且一直在动态地调整与改善。希望能得到您的帮助，令它更加优化与完善，非常感谢！

中国青年智库论坛办公室
（新青年读物工作室）